ライオンを殺せ

フィクションのエル・ドラード

ライオンを殺せ

ホルヘ・イバルグエンゴイティア

寺尾隆吉 訳

Colección Eldorado

水声社

本書は、寺尾隆吉の編集による
〈フィクションのエル・ドラード〉の
一冊として刊行された。

ライオンを殺せ ★ 目次

ライオンを殺せ

アレパ島はカリブ海に位置する。簡易百科事典なら次のように記述しているかもしれない。「形は直径三五キロの完全な円形。人口は約二五万人で、黒人、白人のほか、グアルパ系インディオから成る。主な輸出品はサトウキビ、煙草、完熟パイナップル。首都プエルト・アレグレ（「陽気な港」の意味）に総人口の約半分が集中する。八八年に及ぶ英雄的独立戦争の末、やむを得ぬ事情でスペインが撤退し、一八九八年にアレパは独立国となった。一九二六年時点で立憲共和制をとっている。独立戦争最後の生き残りで、《独立戦争の英雄少年》として名高い陸軍元帥ドン・マヌエル・ベラウンサランが大統領を務め、憲法上最後となる四期目を首尾よく全うしつつある。」

漁　1

カヌーの所有者、老黒人ニコラス・ボトゥメレが、トラファルガーへ赴くネルソン提督よろしく漁へ繰り出す。船尾に立って片手を額に当て、手首から先のないもう一方の手を舵代わりのオールに添えている。見えるほうの目は、白みがかった朝の海を泳いでいる。ボロ着の黒人二人が彼の前でオールを漕ぎ、別の少年が水かきを動かしている。すでに船首には網が準備されている。

カヌーは穏やかな海を進む。オールを漕ぐ音とオール受けが軋む音、そして黒人たちの荒い息以外、何も聞こえない。

船長が遠方に魚群を認める。舵を一突きしてカヌーの向きを変え、岸から見つめる五人の痩せた黒人に合図する。

カヌーは砂浜に引き上げられている。漁師たちが穴だらけのパンツから水を滴らせながら網を引っ張る。弧の真ん中はまだ海中にあり、逃げようと魚が暴れている。胸まで海につかった船長が魚を中に押しとどめ、網のひだを直しながら獲物を導いていく。

漁師たちは全力で網を引っ張っている。腹の膨んだ網が引き上げられ、砂浜でまだしばらくぴくぴくと動いている。

漁師たちが周りを囲み、大漁の予感に目を輝かせる。ボトゥメレがコルクの蓋を外すと、中身が飛び出てくる。死にかけた魚の間からドクトル・サルダーニャの死体が現れる。エナメルの靴やゲートル、英国製カシミアのスーツ、そして海藻の絡みついた髭を漁師たちがじっと見つめる。

プエルト・アレグレの警察にはラバ貨車が二台あり、一台は警官の移動に、もう一台は死体や囚人の護送に使われている。

マラリア持ちの御者が手綱を取る死体用の貨車が、チュロ売りやフライドフィッシュ売りを掻き分けて進み、警察署の側面出口前に止まる。辺りに野次馬が集まり、署から進み出た警官たちが貨車のドアを開けて中から担架を引き出す様子を眺めている。死体は薄汚れた毛布に覆われており、エナメルの靴とゲートルしか見えない。野次馬たちがもっとよく見ようとして押し合いへし合いする。

「道を開けろ、見世物じゃないぞ！」警官の一人が叫ぶ。

数名の警官が棍棒を振りかざして群衆を蹴散らし、通り道ができたところで担架が署へ運ばれていく。担架が見えなくなった後も、警官と野次馬の小競り合いが続く。

ドジな警官が逃げていく黒人の背中を叩きそこね、警棒が地面に転がる。貧しいが身なりはこぎれいな若者ペレイラが、これを見て恭しく身を屈めて警棒を拾い上げ、警官に差し出すが、感謝されるどころか殴られそうになる。ペレイラは一瞬呆気にとられた後に怖気づき、手に持っていたブリーフケースで頭をかばう。脇腹に一撃喰らって彼は駆け出し、通りを逃げていく。両側の壁は、死んだ男の顔写真と、「サルダーニャを大統領に。穏健党」と書かれたポスターで覆われている。


強面のインディオに見える剛毛のヒメネス大佐が、プロイセン風の軍服姿で執務室の電話を握っている。

「重大な知らせです、大統領閣下」彼は言っている。「対立候補の死体がたった今運ばれてきました」

英雄少年こと共和国大統領ベラウンサラン元帥は、若い頃は男前だったが、寄る年波には勝てず、為政者の苦悩と、権力の座に就いて以来二〇年飲み続けてきたコニャック、さらには女好きがたたって、その容姿には衰えが見えている。電話に向かって彼は話す。

「捜査して、犯人を処罰するんだ、ヒメネス」

受話器を置きながら彼は、大きな大統領専用テーブルの反対側に座る男にウィンクし、不敵な笑みを顔に浮かべる。

「見つかったようだ」

副大統領のカルドナは何の反応も見せない。元帥と同じく口髭を垂らしているが、カルドナは痩せ型で気難しく、頭の切れるタイプではない。

テーブルの上に、選挙戦中に撮影されたサルダーニャの写真と演説の原稿がびっしり並んでいるが、ベラウンサランはそれを集めて屑かごに捨てながら言う。

「こんなものはクズだ。これで厄介事は解決した」カルドナのほうを向き直って、父親のような威厳を漂わせながら続ける。「もはやライバルはいなくなったわけだから、これで選挙に勝てなければ、お前は政治家としてまったく能無しということだ、アグスティン」

「最善を尽くすよ、マヌエル」元帥の皮肉を聞いても面白みを解さないカルドナは、真面目な顔で答える。

「私もだ。すでに敵は始末した。うまくいけば野党の息の根まで止めることができる。計画どおり事が運べば、穏健党の威信はガタ落ちになるはずだからな」

元帥は窓際に立ち、プラサ・マヨールの向こうにあるカフェ・デル・バポールで暇そうに時間を潰す者たちの様子をガラス越しに眺める。

「ヒメネスがしっかり務めを果たして、我々が仕込んでおいた手掛かりを追ってくれるといいがな」

そう言って彼は考え込む。

カルドナは座ったまま、下がっていいと言われるまで辛抱強く待っている。


盛装してアレパ国旗を身に纏ったベラウンサランの肖像画と事務机の間に挟まれたような格好のヒメネスが、捜査及び拷問担当の助手ガルバソに話しかける。

「誰がドクトル・サルダーニャを殺したのか、突きとめねばならない」

ガルバソは驚き、理解できぬまま上司を見つめる。

「彼ではないのですか？」そう言いながら元帥の肖像を指差す。

ヒメネスは目を逸らせて居心地悪そうに体を動かし、聞こえなかったふりをする。

「元帥直々の指示だ、ガルバソ」

「わかりました、大佐。捜査を始めます」


退屈して死体のようになった秘書が、ニッケルメッキのレミントンでサルダーニャの運転手の供述を書き留めている。

警察署の地下はガルバソの拷問室になっている。尋問に際して彼が使う手段は単純だが絶対に外れない。容疑者を四つん這いにさせて、口を割るまで睾丸を引っ張るのだ。

緊張した面持ちで冷や汗をかいたサルダーニャの運転手は、目を下ろしたままベルトを締めて言う。

「昨夜一〇時、ドクトル・サルダーニャをサン・クリストバル三番地の館へお連れしました。そのまま帰っていいと言われたので、直後に自宅へ戻りました」

ガルバソとヒメネスはテーブルに座って腕を組んだまま話を聞いている。ガルバソはヒメネスのほうを向き、大げさな調子で言う。

「大統領選挙の真っただ中に売春宿通いとはな！　ふてえ野郎だ！」


サン・クリストバル通り三番地に位置するドニャ・ファウスティーナの館はプエルト・アレグレ一の高級売春宿だが、この時の大捕り物はアレパの伝説として後々まで語り継がれることになる。警官たちは、正面入り口からも、側面入り口からも、裏口からも突入し、二階の窓からも消防隊の梯子を使って踏み込んだ。泣き叫ぶ二〇人の娼婦をモーロ風サロンに集めると、その体を好き放題触るのみならず、その日が給料日だったこともあって、女たちが一晩中休みなく働いて稼いだ金まで巻き上げた。そして全員を囚人用の貨車に押し込み、刑務所で一夜を過ごさせたせいで、女のうち三人が風邪をひいたばかりか、看守の軍曹が淋病を拾った。咄嗟に窓から飛び降りて脚を骨折しながらも難を逃れたアレパ銀行頭取を除き、居合わせた客の全員が取り調べを受け、金をたかられた末に釈放処分となった。宿の主ドニャ・ファウスティーナは、元帥に直接電話すると言ってヒメネス大佐を脅したが、何の効果もなかった。

ガルバソとヒメネスは人気のないサロンを見渡す。好き物の大金持ちが気前よく贈ったゴシック風の装飾とモーロ風の家具がひっくり返っている。帽子掛けにフエルト帽が残されている。ガルバソとヒメネスは、宝物でも鑑定するように様々な角度から何度も帽子を調べる。飾り紐にサルダーニャのイニシャルが入っている。

ベールを被って息の詰まりそうなサルダーニャ未亡人が警察署に出頭し、自ら確認を行ったうえで遺体を引き取ることになる。亡き夫の政治的アドバイザーであり、大親友でもあった三名の男に付き添われている。三名とも穏健党の国会議員で、ボニージャはプエルト・アレグレ一誠実な男、大富豪のドン・カシミロ・パレトンは世俗詩人でクラウス学院の校長、そしてデ・ラ・カデナ氏は、鎖《カデナ》という姓と国会議員の身分以外、何の変哲もない男だった。

生前の市民的高潔に配慮してヒメネス大佐は未亡人と付添人たちを執務室に通し、椅子をすすめたうえで、未亡人に死体の受け渡し証を渡す。ナイフで切り裂かれた死体から腸が外へ飛び出していたが、元へ戻されたうえで縫い合わされていた。未亡人がサインする間、小間使いの一人が故人の遺品を入れた箱を持って入ってくる。

「ドクトルの帽子と時計と財布については」ヒメネスが説明する。「裁判の証拠品となりますので、ここにはありません」

未亡人はベール越しに、他の三人は眼鏡越しに、それぞれヒメネスの顔を見つめる。誰も何も言わない。

「数時間以内には犯人が突きとめられると思います」バツが悪そうにヒメネスは言う。

未亡人はこらえきれず立ち上がる。

「数時間後ですって？　知らせを聞いた時から私には誰が犯人かわかっています。逮捕するのなら大統領宮殿へ行くだけで十分です」

未亡人の啜り泣きが漏れる。ドン・カシミロが寄り添い、その手を撫でる。ヒメネスはどうすればいいかわからぬまま鳥肌で震えており、ボニージャが立ち上がって彼に近寄りながら言う。

「夫人は取り乱しておられます。発言は無視してください、大佐」

デ・ラ・カデナ氏は窓から外を見つめている。

未亡人は啜り泣きを止めることができない。ヒメネスはようやく困惑から立ち直り、ボニージャに向かって言う。

「お断りしておきますが、先生、本件は金目当ての強盗殺人で、犯人は厳罰に処されることになります」

「ええ、大佐」

ヒメネスは、エナメルの靴などが入った箱を指差して面会を切り上げ、ボニージャに言う。

「お持ちください」

ボニージャが箱を手に取ると、ヒメネスは入り口のところまで進んで、少々荒っぽくドアを開ける。そして道を開け、四人が部屋を出るまで待つ。震えの止まらない未亡人をパレトンが出口まで導いていく。ボニージャが箱を持って後に続き、デ・ラ・カデナ氏が窮屈そうに一礼して出て行く。全員退出したところでヒメネスはドアを閉め、深い安堵の溜め息をつく。


ドクトル・サルダーニャ殺人事件の容疑者は、売春婦二人にオカマ一人、そしてコソ泥二人、なんともみすぼらしい面々だった。ガルバソは拷問室で欄干の後ろに五人を整列させて諭し始める。

「これからジャーナリストたちの質問に答えてもらう。滅多にない特権だ。おのおの、白状した内容は覚えているはずだから、何を言えばいいかわかっているな。ヘマをやらかしたら命はないと思え。いいな?」

怯え切っていた容疑者たちは頷く。ガルバソがドアを開けると、ジャーナリストが一斉に入ってくる。

2 通夜

ベラウンサランはシャツ姿でチャコタの別荘へ赴き、檻に入った軍鶏の様子を見つめる。婚期を逃した女がカナリアに話しかける時のように、どうでもいいことを口にしている。

「きれいだ、本当にきれいな鶏だ！　私の鶏の嘴がなんと美しいことか！」

厳粛に喪服を着込んだアグスティン・カルドナが鶏舎に入ってくる。

「準備はいいぞ、マヌエル」彼は言う。

ベラウンサランは振り向いて腕を組み、頭のてっぺんから爪先までじろじろ相手の姿を見つめた末に、高笑いを上げる。

「まさに悲痛そのものという姿だな。誰もお前の仕業だとは思うまい」

ユーモアを解さないカルドナはむっとする。

「お前の命令だろうが、マヌエル」重々しい調子で返答する。

「非常措置だ、アグスティン」相手の調子を真似てベラウンサランは言う。近寄って肩に腕を回し、反転させた後、鶏舎の出口へ向かって歩み出しながら続ける。「わかるだろう？　選挙であのドクトルに勝たれでもしたらどうするんだ？　国の一大事だぞ。また蒙昧時代へ逆戻りだ」

白粉《おしろい》を塗られたドクトル・サルダーニャの死体は、硬直した手に無理やりトパーズの指輪をはめられ、背中のほつれたジャケットを着せられて、仰々しい棺に彫られた浮き出し模様の間で永遠の眠りについている。

四つの角にベラウンサラン、カルドナ、ボニージャ、パレトンが立ち、眠気をこらえながらわざとらしい視線を送っている。

サルダーニャ家の大きな暗い広間は弔問客で溢れている。

ベラウンサランは、太い指を二本チョッキのポケットに突っ込んで金時計を取り出し、時間を確認して元に戻す。その瞬間、別の四人が彼らと入れ替わる。

ベラウンサランとカルドナが揃って出口へ向けて歩き出したところで、抑えてはいてもはっきりと聞こえる声が弔問客の間から届いてくる。

「人殺し！」

カルドナはドキリとしてそのまま歩みを進める。ベラウンサランは立ち止まり、声が聞こえてきたほうへ振り向く。そこにいたのはアンヘラ・ベリオサバルであり、隣にいる出しゃばりの旦那カルリートスより一〇センチも背の高い姿で堂々と喪服を着こなし、器量のいい顔に挑発を浮かべている。

ベラウンサランは礼儀正しく身を屈めて言う。

「こんばんは、ドニャ・アンヘラ」

黙ったままアンヘラは一瞬だけ相手の目を見つめるが、急に踵を返して相手に背を向け、歩き出して人々の間に姿を消す。

ベラウンサランは表情一つ変えずドン・カルリートスのほうへ向き直り、その凍った笑顔と赤い頬を見つめる。ベラウンサランも顔に笑みを浮かべている。

「どうも私に気づかなかった様子ですので、奥様には貴兄からよろしくお伝えください」

ドン・カルリートスの顔に歓喜が溢れる。

「おっしゃるとおり、お姿に気づかなかったのでしょう、大統領閣下！」

「それでは」ベラウンサランは言って、広間から立ち去る。

玄関ホールで鉛筆と手帳を手にしたジャーナリストが彼を呼び止める。

「元帥閣下、亡くなったドクトル・サルダーニャについて一言いただけませんか？」

「ドクトル・サルダーニャは」つづれ織り模様の壁紙を見つめながら言葉を探してベラウンサランは答える。「非の打ちどころのない立派な人物でした。私の政敵と見なす者もいたようですが、それはデタラメです。我々を隔てる唯一の相違は、彼が穏健党で私が進歩党だったということだけです。目指すものは同じ、アレパの繁栄でした。選挙戦で彼を支持しなかったのは、私が進歩党員である以上、党の公認候補アグスティン・カルドナ氏を推すのが当然の義務だからです。サルダーニャの死は、党の同志たちにとってのみならず、我らが共和国にとって測り知れぬ損失です。以上」

必死にメモをとるジャーナリストを後に残してベラウンサランは扉口へ至り、人ごみのなかで使用人から山高帽とステッキを受け取る。

サルダーニャ邸の外に停めていた大統領専用のスチュードベーカーには、前方に二人の刺客が乗り込み、後部座席の一角にカルドナが座っている。山高帽を被ってステッキを手にしたままベラウンサランは車に乗り込み、ドアを閉める前に、カルドナに向かって辛辣な冗談を飛ばす。

「脱兎のごとき逃げ足だな！」

「どうすればよかったというんだ、マヌエル？」

「その場に留まるべきだったな、アグスティン！　人殺しとはお前のことなんだから」

車が走り出し、カルドナは苦々しい思いで窓の外を見つめる。ベラウンサランは満足げに振り返る。

「とはいえ、首尾上々だ。俺が立派にしんがり役を務めたからな。あの女の前に立ってやったら、すごすご逃げていったよ。あいつのほうが旦那よりよほど肝が据わっているがな……　みんな臆病者ばかりだ」

カルドナは頑なに窓の外を見つめている。

ベラウンサランは山高帽と上着を脱ぎ、ネクタイを緩める。

「面倒な問題やこの種の中傷を避けるために、裁判はもっともらしく行わねばなるまい。容疑者のひとりふたりは処刑せねばならないだろうな。判事に命じておくとしよう。明日すべて手配してくれ」

カルドナは困惑の表情で彼を見つめる。

「しかし、銃殺というわけにはいかないぞ、マヌエル。身の安全を保証してやったんだから！」

「わかってる。だが、そんなこと誰も知りはしないさ、アグスティン」

闘鶏場は人で溢れかえっている。二〇〇人のじっとりした汗とアルコール臭い息が葉巻の煙と混ざり合う。黒光りする黒人、肝臓病のように緑がかった顔のグアルパインディオ、朱色の頬をしたガリシア人など、皮膚の色は様々。あまりの喧騒にほとんど何も聞きとれない。

軍鶏が嘴を突き出し、飛び上がり、羽ばたき、流血する。柵の後ろから対決の様子をじっと見つめながら落ち着きなく動き回っているのは、顔を上気させたベラウンサランとその対戦相手だ。こちらは裸足に麦わら帽子、服も継ぎはぎだらけで、身なりの貧しい男だが、元帥の着る汗だくのシャツも、襟のセルロイドが歪んで広がり、後ろのボタンで辛うじて止まっている。

ベラウンサランの軍鶏が敵の首を引き裂き、血しぶきとともに羽毛が舞い上がる。喧騒が激しくなる。

ベラウンサランは自分の軍鶏に歩み寄り、陶磁器でも扱うように地面から抱き上げると、優しく誇らしげな視線を送りながら胸に引き寄せ、そっと巧みに小刀を抜き取ったうえで籠に入れる。満足の表情で白いリネンのハンカチを取り出し、汗だくの額と項を拭う。

賭けの仲買人たちが輪に駆け寄り、配当を彼に渡す。手癖の悪い制服姿の助手が籠を受け取って持ち去る。ベラウンサランは金を手にしたまま対戦相手に近寄り、相棒の首を拾っていたこの男に札を数枚差し出す。男は麦わら帽子をとってこれを受け取る。

この寛大な振る舞いを前に、酒で低俗な感傷に浸りがちな群衆は目に涙を浮かべて叫び出す。

「ベラウンサラン元帥万歳！」

そしてベラウンサランは、会心の勝利でも手にしたように意気揚々とその場を後にし、近くで待っていたカルドナは苦々しい顔で彼にスーツを着せてやる。

3 埋葬

翌日は、アレパ共和国にとって歴史的な一日となることだろう。農園主、商人、専門職従事者、手工業者、そして良家の使用人たちがドクトル・サルダーニャの埋葬に立ち会い、同時に穏健党の希望を手厚く葬る。農民、漁師、荷担ぎ人夫、揚げ物売り、物乞いが騒々しく歓声を上げてコンガを踊りながら大統領宮殿に押し寄せ、歌声に合わせて、本来なら憲法違反となる五期目を目指して大統領選挙に立候補するようベラウンサランに懇願する。

だが、国会ではもっと重要なことが起こっている。一〇人の議員全員が出席して九時に開会し、野党候補の死を悼んで一分間の黙祷が捧げられる。一〇時半、穏健党を代表してボニージャ議員が発言を求め、ドクトル・サルダーニャの埋葬に参列するため退席の許可を求める。議長は許可するが、こうした場合の慣例どおり、残った者で引き続き通常審議を進めることを言い添える。いつも律義な穏健党員には葬儀の欠席など論外であり、その日はたいした議事が予定されていなかったこともあって、ボニージャ、パレトン、デ・ラ・カデナ氏の三氏は、厳粛な喪服姿で不機嫌な顔のまま退席する。墓地へ向かう車に三人が乗り込むや、ボルンダ議員が発言を求め、やむにやまれぬ事情により本日の議事進行を変更して、選挙制度に関する憲法第一四条改正の審議に入ることを提案する。提案は認められ、一一時五分、ちょうど穏健党員三名が故人宅に到着する頃、議会は賛成七票反対ゼロ票の全会一致で以下の条文の削除を可決する。「大統領職の任期は最大四期とし、五回目には選挙に立候補する資格を失う。」

アレパの最高学府にして知の砦たるクラウス学院の本部は、かつて修道院だった石造りの建物であり、今は黴で全体がやや黒ずんでいる。修道女たちが噂話を交わし合い、ロザリオを唱えた回廊を、今行き交うのは良家の息子たちであり、半ズボン姿で鼻をほじりながらハーヴァードやソルボンヌへの入学を目指している。

やむなく作図の教師をしてはいるものの、本当はヴァイオリン愛好家のサルバドール・ペレイラが、ブリーフケースを小脇に抱えて教室へ入っていく。椅子にふんぞりかえった二〇人の生徒が高飛車な態度で彼を見つめる。

ペレイラは教壇の上でブリーフケースを開き、木の定規を取り出す。

「今日の授業では」説明を始める。「定規の使い方を学ぶことにしましょう」

学校一男前で怠け者のティンティン・ベリオサバルが立ち上がり、発言を許されるまで待つこともなく話し始める。

「先生は愛国者ですか？」

ペレイラは当惑してティンティンを見つめた後に答える。

「当然です」

「それなら今日は休校にしましょう。ドクトル・サルダーニャの葬儀があるのですから」

悲痛な声の合唱が沸き起こる。

「そうです、先生、行かせてください」

ペレイラは定規で教壇を叩いて静粛を求める。ようやく静かになったところで言う。

「設計作図の授業中です。政治事件は関係ありません。今日は定規の使い方を学びます」

再び合唱が始まる。

「先生、お願いです、行かせてください！」

ペレイラは再び定規を叩きつけ、騒ぎの真っただ中で言う。

「静かに！　静かに！　静かに！」

沈黙のなか、霊柩車を先頭に、喪章をつけた馬と高い帽子を被った御者に続いて、ドクトル・サルダーニャの葬列が霊園に向かってゆっくりと厳かに進んでいく。

霊柩車の後ろをアレパの有力者たちが黒服姿で歩いている。後に続く馬車にはその妻たちが乗っており、そのさらに後ろには、貧困層のドクトル・サルダーニャ支持者が続く。

ベリオサバル家愛用の七人乗りディオン・ブートンでは、アンヘラとサルダーニャ未亡人とドニャ・コンチータ・パルメサーノが、汗まみれで喪服に身を包んだまま、寝不足の目でポットからニッケルメッキのコップにコーヒーを注いでは飲み、お互い言葉を交わすこともない。

汚れた白服を着たファウスト・アルメイダが塀によじ登り、脂ぎった髪を浅黒い額に垂らして必死に声を上げている。

「二〇年間もベラウンサラン元帥は貧しい者の権利を守るために夜も寝ずに働いてきた。二〇年間もこの国を進歩へと導いてきた。我々を見捨てないでくれ、五回目の立候補を受け入れてくれ、そうお願いしようではないか」

失業者の群衆が熱狂的な叫び声を上げる。アルメイダがひとっ飛びで塀を下り、大統領宮殿のほうへ歩き出すと、群衆はその後に続き、コンガとボドレケ、アタバルとルンガの拍子に合わせて移動する。

ペレイラ先生は黒板に定規をあてて入念に平行線を引く。彼の背後は無秩序そのもので、最前列の机で大きな眼鏡をかけたまま眠りこける近眼のペピーノ・イグレシアス以外、全員が窓から身を乗り出して葬列を待っている。

ペレイラは反転して怒りをぶちまけ、教卓を叩いてペピーノを起こしながら怒鳴りたてる。

「作図の授業だと言っているでしょう。全員席に戻りなさい！」

生徒たちはゆっくり時間をかけて席に戻り、ペレイラは再び定規を手にする。

ドアが開いて、校長のドン・カシミロ・パレトンが入ってくる。全員起立するが、ベルトのバックルが机の天板に引っ掛かって大きな音を立てる。

ドン・カシミロ・パレトンは厳しい顔でペレイラを見つめる。

「ペレイラ先生、これは何の真似です？　いったいどういうおつもりですか？　今日は国中が喪に服しているというのに。授業はさっさと切り上げて、間もなく学院の前を通過するドクトル・サルダーニャの葬列に生徒たちも参加できるようにしてやりなさい」

「わかりました、校長先生」ペレイラは赤面して言う。

パレトンは生徒たちと向き合う。

「君たち、今日という日をよく覚えておきなさい。ドクトル・サルダーニャの死はアレパ史上最悪の惨事です」

これだけ言うと、自分の雄弁さに感動して涙を流しながらいそいそと引き上げる。

ドアが閉まると、生徒たちは喜びを爆発させる。叫び、笑い、屑かごを叩き、教科書をしまい、足早に教室を出て行く。ひとり後に残されたペレイラは、不機嫌に口を歪めて定規をブリーフケースにしまう。


パセオ・ヌエボの自宅を出発したサルダーニャの葬列は、エスポロン通りからコルドバネス通りまで下り、左に曲がってマンガ・デ・クラボ通りを進んだ後、クラウス学院に差し掛かったところで、ベラウンサラン支持者の行進と出くわした。こちらのほうは、蝉野原での支持声明に始まって、サン・アントニオのゴミ捨て場でハエを追い払った後、漁師市場で勢いを増して旧市街の狭い通りを埋め尽くし、宮殿の前まで着いたところで、独裁を求める暴徒と化していた。

クラウス学院の前で鉢合わせして、葬列と行進、双方とも足を止める。馬は落ち着きを失い、御者は不安に駆られ、有力者たちは暴徒に唾されはしまいかと怯える。他方、貧者たちは、死体を運ぶ黒い車を前にして立ち止まり、当惑の眼差しで顔を見つめ合った後、声を上げることも楽器を打ち鳴らすこともやめる。道を埋め尽くす人々の動きが一瞬だけ完全に止まる。すり減った敷石を踏みしめる馬蹄の音しか聞こえない。ペレイラがクラウス学院の窓から眺めると、動きを止めた二つの集団が眼下に見える。太陽が垂直に降り注ぎ、風はそよとも吹かず、ハエが微生物狩りを再開する。

ついに迷信がすべてに打ち勝つ。貧者たちは麦わら帽子をとり、御者が馬に鞭を入れて前進させたところで、二つに分かれて霊柩車に道を開ける。有力者たちは、虱の卵をうつされてはかなわないと思いながら身を寄せ合って通り過ぎ、その後ろで、豪華な自動車が放屁のような音を盛大に上げて発車する。

陳腐な集団の先頭に立ったドクトル・サルダーニャは、汗臭い紅海の真ん中を進むモーゼよろしく、群衆の間を霊園に向かって進んでいく。

葬列が通り過ぎると群衆はまた一つになり、太鼓の響きが戻ったところで、大声で囃し立てながら飛び跳ねるように行進を続ける。

言ってるだろう、俺は止まらない

ベラウンサラン。

宮殿では、イサベル女王（エリザベス女王ではなく）時代の誇大妄想的将軍が入手したシャンデリアとゴブラン織、そして帝国風家具に飾られた緑の間に、合衆国大使ミスター・ハンバート・H・ハンバート、大英帝国大使サー・ジョン・フィップス、フランス大使ムッシュー・クロンが着席し、儀典長にすすめられたパルタガス葉巻をふかしている。

謁見の間では、ベラウンサランが国会議員たちを迎えており、憲法改正について報告を受ける。代表のボルンダが話している。

「大統領閣下、これで晴れて立候補することができます」

元帥はもったいぶった仕草で控え目に両手を持ち上げる。

「しかし、諸君、私はもう疲れ果てている」

目の前で消えゆく希望を見つめながらカルドナは苦々しい表情を露わにする。

外では群衆の歌声が続いている。厚生大臣チューチョ・サルダナパロと宮殿管理長が進み出て、ベラウンサランに話しかける。

「バルコニーへ出てください、大統領閣下、群衆が望んでいます」

プラサ・マヨールで一つにまとまった群衆がムラートのリズムに合わせて歌っている。

　ベラウンサランよ
行かないでおくれ

ベラウンサラン
ああ、やめてやめてやめて
行かないでくれ
ベラウンサラン

ベラウンサランはバルコニーから感動の涙を流し、大歓声に感謝する。感謝を示すために彼は首を縦に振り、これを見た群衆は歓喜を爆発させていっそう盛り上がる。

ベラウンサランはバルコニーから引き下がる。

謁見の間では、国会議員と大臣の間でカルドナがいつになく渋い表情を見せ、肩を落として意気消沈している。入ってきたベラウンサランがカルドナに歩み寄って抱き寄せ、感動のあまり仰々しい調子で話しかける。

「すまないな、アグスティン、断るわけにはいかない。次まで待ってくれ」

絨毯に目を落としたカルドナと気の毒そうにカルドナを見つめる者たちを残してベラウンサランは謁見の間を後にし、ドアを抜けて執務室へ続く廊下に入る。

執務室に入ったところでベラウンサランは別人になる。感動も控え目な態度も忘れて足取りを早め、椅子をどけながら大きなテーブルの縁を辿るようにして自分の銅像の横を通り抜けると、トイレのドアを開けてズボンの前ボタンを外す。

緑の間では大使たちが退屈そうに虚空を見つめている。トイレの音を聞いて一同は我に返り、聞き耳を立てて姿勢を正す。ドアが開いて、誰が入ってくることかと皆いっせいに首を曲げる。

人為的に起こした洪水の音を後に残してベラウンサランがドア口に現れ、ズボンの前を閉じながら礼儀正しく微笑みかける。

「皆様、お待たせしました」

これだけ言うと、大使たちの腰掛ける肘掛け椅子より少しだけ高い肘掛け椅子に彼は腰を下ろす。

肥満体で口のうまいミスター・ハンバート・H・ハンバートが、無理して笑みを浮かべながら母音を濁すようにして話し出す。

「ここにおられる同業者と私がお伝えに上がったのは、我らが大使を務める三カ国が、比類なき為政者たる閣下の再選を歓迎するということです」

「ありがとうございます」ベラウンサランは言う。

老いてかさかさの皮膚になったサー・ジョン・フィップスは、スペイン語がわからないうえ耳が遠く、ベラウンサランに向かって優しく微笑みかけながら、ハンバート・H・ハンバートの言ったことが自分の伝えたい内容と同じであってくれと内心祈っている。真ん中にいる頭の大きなムッシュー・クロンは、小言でも言いたげな顔で身動き一つせず、目の前のゴブラン織に描かれたハウンド犬をじっと見つめている。インディオの地で二〇年も外交官として過ごしながら、外交言語たるフランス語以外使う必要を認めない彼は、いまだに誰とももまともに意思疎通ができない。

「閣下が発案した土地収用法と農業計画に関しましては」満面の笑みを見せながらハンバートは続ける。「いかなる外国の利益も損なうことはなく、また、これまでアレパが我々の政府と交わした取り決めの履行を妨げることもない、これが我々の見解です。いかがでしょう？」

「おっしゃるとおりです、ミステル・ホンベルト」軽く微笑みながらベラウンサランは答え、来訪者一人ひとりの目を見つめて眼差しに誠意を込める。

アングロサクソン人二人は鷹揚にベラウンサランに微笑みかけ、クロンはフランス語で唸る。

「ビアン！」

4

内面生活

貰い物のレーサー帽とパームビーチ・シャツを着てブリーフケースを小脇に抱えたサルバドール・ペレイラが、魚屋のテーブルに並ぶ魚から一番小さい鯛を選ぶ。鮮度を確かめるため、まず手で触れ、死んだ目を眺め回したうえで臭いを嗅ぐ。検査結果に満足して魚をカウンターに置くと、後ろにいた店員が内臓を取り出して鱗を落とし、新聞紙に包む。ペレイラは代金を払い、ブリーフケースを開けて、定規とシューベルトのソナタの間に包みをしまう。

アーモンドの木陰から遠方を見つめると、軋みを立てて左右に揺れながら近づいてきた路面電車がガラガラと音を立てて一時停止し、「パレドン」という行き先と、欧米靴の輸入商店「赤ブーツ」の広告を前面にひけらかすようにして、今度は呻き声を上げて発車する。二五年も貧乏生活を送ってきた者らしく、ペレイラは軽快にひとっ飛びで路面電車に乗り込む。

　ペレイラの妻エスペランサは髪を梳かしもしない陰気な女で、キャラコのカーテンや籐の家具、ヤムイモ色の床、聖心画や結婚式の記念写真、肉付きのいいヴィーナスを乗せたゴンドラのオールを漕ぐキューピッドの版画等々に囲まれて、実家の居間で無関心に縫物をしている。台所では、家主でペレイラの義母ドニャ・ソレダッドが汗を流し、料理婦がいるといないでは天地の差だと思って不幸な境遇を嘆きながら、土鍋で煮え立つ黒豆に目を光らせている。

　帰宅したペレイラは無関心に妻にキスするが、反応はなく、イノシシの牙を模したフックに上着と帽子を掛けた後、譜面台を立てていた一角へ行って、ヴァイオリンを手に、楽譜を開いて演奏を始めようとしたところで、エスペランサに呼び止められる。

「私の具合を訊かないのね」

「具合はどうだい？」

「全然だめ。また肝臓が痛むわ」

「医者へ行けば」

「そんなお金はない」

「薬草を煎じて飲みなよ」

「効きはしないわ」

「それなら聖心に祈るしかないね」

音を出して調弦し、弾き始める。油染みのついた日本製の扇子を動かしながらドニャ・ソレダッドが入ってくる。汗まみれの額に髪がへばりついている。

「また魚を忘れたの？　それとも、お金を他のことに使ってしまったの？」

ふてくされる様子もなくペレイラはいそいそとヴァイオリンを脇に置き、ブリーフケースから包みを取り出して義母に渡すと、彼女は疑り深く魚の臭いを嗅ぎながら居間を出て包みをほどく。

ペレイラはまた弾き始める。少し弾いたところで、今度はエスペランサが黙って泣いていることに気づく。ヴァイオリンを下ろし、心配そうに訊ねる。

「どうしたんだい？」

エスペランサはハンカチで口を覆って泣いている。もう我慢できないが見世物になるのも嫌とでもいうように立ち上がり、ドア口のほうへ歩きながら、嗚咽と鼻水と口を覆うハンカチの間から声を出す。

「こんな貧乏生活はもうたくさん！」

大きな音でドアを閉めながら居間を出た彼女は、人目のない寝室へ逃げ込み、三世代にわたって甲斐性なしの夫を引き当て続けた僻みっぽい女たちが声もなく分かち合ってきた真鍮製のベッドでうつ伏せになる。

ペレイラは寝室のドアを開け、途方に暮れた顔で敷居のところに立ったまま、嗚咽とともに震える妻の尻を見つめる。部屋に入ってドアを閉めると、椅子の上にヴァイオリンを置いて、悲しい顔のまま ひとっ飛びでエスペランサに馬乗りになり、項に歯を立てる。彼女は泣き声で「いや、いや、いや」と言うが、胸を探られても抵抗はしない。

性交の後、ペレイラは霊感に駆られてヴァイオリンを弾くが、音は外れている。その横でエスペランサは目を落としたまま静かに縫物をしている。

ペレイラとエスペランサとソレダッドは、黙って食後のコーヒーを飲みながら、端の欠けた皿の上に横たわる鯛の残骸を少し悲しげに見つめている。

午後になるとペレイラはシャツ姿で浜辺へ繰り出し、膝を丸めて何時間もじっと座っている。額にあてた手をツバ代わりにして、荒涼とした水平線を見つめている。

夜になるとペレイラは、義母の家でランプの光に照らされながら、警察署の鬼拷問官ペドロ・ガルバソを相手に、用心深くチェスの勝負に耽る。ソレダッドとエスペランサとロシータ・ガルバソは、通りに籐椅子を持ち出して涼をとり、頭を掻いたり扇を動かしたりしながら、近所に住む女たちの品格を甲高い声であれこれ取沙汰する。

ペレイラはルークを進めながら言う。

「チェック」

顔をひくひくと赤らめたガルバソは、青塗りのマホガニーテーブルを拳で打ちつけてクイーンを倒し、大声で言う。

「ちくしょうめ！」

ペレイラは椅子の隅におずおずと体を丸め、相手の怒りが静まるまで待つ。カーテン越しにドニャ・ロシータ・ガルバソの間抜けな声が聞こえてくる。

「本当よ、旦那に隠れてコチョコチョしてるのよ」

ソレダッドとエスペランサは上機嫌に笑い、そんなことはないと言いながらも、詳細が知りたくてうずうずしている。

ようやく落ち着いたガルバソは、男らしく負けを認めて鷹揚な調子で言う。

「クソ勝負だったな、ペレイラ君」

ペレイラは安心し、頭で頷きながら臆病に微笑む。

ベリオサバル一族の屋敷は、ドン・カルリートスの父の資産と、蛮勇の地を旅してひと山当てたイタリア人建築家の才知を結集して、世紀の初め頃に建設された。ナツメヤシの木陰の人目につきやすい位置に円形回廊が作られ、ここに一家の愛車、オープンカーのデューセンバーグとディオン・ブートンが停められている。

芸術愛好家のアンヘラは、中庭に面した薄暗い廊下を音楽室に変えていた。その大きな窓からは、芝生やマグノリア、ポインセチアやジャカランダ、ゴムの木やカスティーリャ・ローズ、そして孔雀が一望できる。

水曜日の午後には、プエルト・アレグレきっての名士たちがこの部屋に集い、調子の外れた音で名曲を奏でることもあれば、ドン・カシミロ・パレトンの男らしい詩やアマチュア女流詩人ペピータ・ヒメネスの繊細で情熱的な詩に聞き入ることもある。

クレトンを張ったソファーに横たわるティンティン・ベリオサバルは、張りのある母の太股に頭を預けて髪を撫でてもらう。

「母さんの友人のペレイラ先生は」ティンティンは言う。「間抜けだね」

「友人じゃないわ、招待客よ。ヴァイオリンが上手で、五重奏には欠かせない存在ね。間抜けであろうとなかろうと、私には関係ないわ。さあ、起きて。服が皺になるから」

「いいじゃないか」

アンヘラは落ち着いて息子の髪を撫でながら厳しい調子で言う。

「行儀の悪い真似はやめてちょうだい」

白いドレスを着たアンヘラは、アザレアとビニリカとファスセデラとペルガモン風小広場の間から黒人の庭師に話しかけ、後ろで花束を抱える家政婦にどの花を切って渡すべきか、いちいち指示を与えている。

白いカーディフ・シャツの上に真珠のピンでイギリス製のネクタイを留めたドン・カルリートスが、ツートンカラーの靴を履いて小径に現れ、冗談めかして彼女に訊ねる。

「この家では食事は出ないのかい？」

そして妻に近寄り、少し爪先立ちになって、よく整った白髪交じりの髭を彼女の頬にすり寄せる。

夫人は無関心に夫を見つめる。

「悪趣味な靴ね」

「そうかな？　僕は好きだけど」

自分の持ち物を誇るように彼は妻のしっかりした尻に手を回し、使用人たちにまだ自分が枯れていないことを見せつける。そっと妻は言う。

「触らないで」

ドン・カルリートスは、その時初めて周りに人がいることに気づいたようなふりをして、「ああ」と言いながら手を放し、妻と並んで小径を数歩進む。庭師と家政婦は一瞬だけ退屈そうに目配せする。

ドン・カルリートスはニスペロの実をもいで食べる。

「カジノで聞いた話では、もう確定らしい。あと五年ベラウンサランが居座るんだ。我々に何か妙案でも浮かばないかぎりね」

「恥さらしだわ！」アンヘラは言う。

ドン・カルリートスは厳しい調子になる。

「恥さらしであろうとなかろうと、人殺し呼ばわりはやめてくれ。失礼のないようにして、守れるものを守らないと」

アンヘラは庭師のほうを向いて言う。

「カスティーリャ・ローズを三本摘んでちょうだい」

庭師は作業にかかり、アンヘラがその様子を見つめる。ドン・カルリートスは種を吐き出し、もう一つニスペロを食べる。厳しい調子は抑えて、穏やかに説得にかかる。

「それに、彼は好意的だ。今日一緒にドミノをすることになっている」

「どうぞお好きに」バラの匂いを嗅ぎながらアンヘラは言う。

ドン・カルリートスはまた種を吐き出して言う。

「さて、いつになれば食事が出るのかな？」

「もうすぐよ。花はこれでいい。ゆっくり食事しても、あのならず者との約束には十分間に合うわ」

ドン・カルリートスはすがるような調子になる。

「頼むよ、アンヘラ。正気かい？」

「心配ないわ。二度と思ったことは口にしないから」

家政婦の後に続いて二人は家へ引き返す。ドン・カルリートスは上機嫌でもう一つニスペロを食べる。

「それがいい」果実を舐めまわしながら言う。

「ペレイラにもう一着必要だわ」アンヘラは言う。「前にあげたパームビーチ・シャツはもうかなりくたびれているから」

ドン・カルリートスはわざとらしく驚いて眉を吊り上げる。

「服なんかあいつにやってどうするんだ？」

「着てもらうのよ。他に持っていないんだから」

「大嫌いなストライプのスーツをやればいい。それから、服だけせしめておいて息子に悪い成績をつけるなと言っておけ」

「あんたの息子はぐうたらよ」

「だからこそだよ。愛には愛で報いるんだ」

二人は家へ入る。

5 アレパのカジノ

前世紀末の約三〇年と今世紀初頭、アレパの富裕層はパセオ・ヌエボに自宅を構えた。盗賊を避けて島の内陸から首都へ出てきた農園主もいれば、中心街から悪臭を逃れてきた商人もいる。

パセオ・ヌエボは海に面した長さ三ブロックの大通りであり、その中央部では、敷石の上を流れる小川がタマリンドやジャカランダ、月桂樹やマグノリアの植え込みを仕切っている。周辺には庭と格子柵に囲まれた邸宅が建ち並び、その所有者は、島きっての資産家三家、ベリオサバル家、レドンド家、レガラード家であり、タージマハール風の家もコルドバのメスキータ風の家もあれば、ボヘミア貴族のバロック宮殿を髣髴とさせる建物もある。

パセオ・ヌエボに人口が流出したことで、中心街の古い屋敷に空き家が増えた。その一つ、旧ベルデゴージョ邸にアレパのカジノが創設され、尊敬し合う者たち、敬意を集める者たち、そして会費を払うことのできる者たちの全員が会員となった。

当初、創設の目的は、島の名士たちがカードゲームに耽ったり遅れて届く新聞を読んだりする施設を開くことにあったが、台頭する進歩党の波に押されて、やがてここが穏健党の集会所、作戦本部となった。

ドクトル・サルダーニャの埋葬が営まれた日の夜、議事室で行われた集会で激しい議論が交わされた。故人への哀悼もそっちのけに、誰もが国会議員三人を責め立て、審議を抜け出して埋葬に参列することで進歩党にまんまと一杯食わされた失態が糾弾された。

「土地収用法の可決にまで至らなかったのが不幸中の幸いだな」ドン・カルリートスが思わず漏らしたこの言葉が、この集会で最も穏やかな発言だった。

穏健党の反対で一五年も国会で凍結されていた土地収用法は、スペイン人及びスペイン人の子供が所有する土地――早い話がアレパ全土――の国有化を可能にする法案だった。

「店を閉めてとっととずらかる時が来たようだな」ドン・イグナシオ・レドンドがこの発言をするのは、この一五年で何十回目かだった。

だが、国会議員にもまして非難の集中砲火を浴びたのはその場にいない元帥であり、詐欺師その他もっとひどい言葉で罵られた。

「それなのに、私としたことが、会心の出来栄えの詩であの男を英雄少年と呼んでしまった」片手を額にあてながらドン・カシミロ・パレトンが大声で言った。

「若気の至りだよ」バリエントスはそう言って慰めた。二日前の夜、ドニャ・ファウスティーナの館で大捕り物に巻き込まれて以来、松葉杖をついていた。

もう少し落ち着いて話そうということになり、サルダーニャに代わって、デブのベラウンサランを相手に、勝つとは言わぬまでも善戦できる大統領候補がいないものか次回検討する、と決まったところで集会は幕を閉じた。

第二回は、古傷に触れるような不穏な空気で幕を開ける。かつて全会一致でサルダーニャが選出されたせいで候補になり損ねていたボニージャは、今度こそ「アレパ一清廉潔白な男」たる自分が最有力候補だと思い込んでいたが、そこに若いお祭り男ココ・レガラードが口を挟み、清廉潔白など市民的美徳でも何でもないと述べ立てたため、彼は憤慨する。

「我々は二〇年も山賊に支配されているのに、誰も異議を唱えない」持論を補足してレガラードは続ける。

壇上にいるボニージャは顔を伸ばして顎を緩め、口を開きこそしないものの、出席者を見回しながら、《まったく、このザマだ、若者たちの考えることときたら！》とでも言っているようだ。

大多数にはシニスムと聞こえる言葉ではあっても、言い得て妙な部分がないわけではない。

「黒人たちは図太い男が好きで」党のなかで最も現実感覚の鋭いドン・バルトロメ・ゴンサレスが発言する。「選挙の勝敗を決めるのは黒人たちだ」

全員の顔に《悲しいが、そのとおりだ》という表情が浮かぶ。良家の真面目な青年パコ・リドルエホが発言を求める。

「私はクシラットを推します」

集会が活気づき、議論が交わされる。『エル・ムンド』紙の記者アルマンド・デュシャンが「アレパ最初の文明人」という忘れ難い言葉で称えたペペ・クシラットは、すでに一五年を海外で過ごし、その間、一流の大学で学んでいる。

「文化という、アレパでは前代未聞の特質を備えています」リドルエホは言う。

「ちょっと待て！」ボニージャは個人的に憤慨し、仲間の擁護に乗り出す。「ここには、科学の泉とも言うべきドン・カシミロ・パレトンがいるではないか」

ボニージャと並んで壇上にいるドン・カシミロは謙遜して視線を下ろし、寛容な微笑みを浮かべて言う。

「とはいえ、クシラットには若さがある」

バリエントスが松葉杖と痛くない脚を支えにして立ち上がり、発言する。

「私は賛成です。我々では新鮮味がないので、外からの候補者が必要です。新人としてクシラットはふさわしい人物です」

「クシラットは」ドン・バルトロメ・ゴンサレスが断固とした調子で力説する。「我々の外にいながら、我々の仲間でもある」

ドン・バルトロメは、ゴンサレス・デル・ロールス家の一員であり、ロールスの付いていないその他大勢のゴンサレスと区別する時は、このフルネームで呼ばれる。

「クシラットは三カ国語を話すうえ、乗馬もすればゴルフもするし、鹿も撃てば飛行機も持っている」パコ・リドルエホが数え上げる。「何か足りないものがあるだろうか」

「しかもまだ三五歳だ」古参の穏健党員レミヒオ・イグレシアスが大声で発言する。「この党を救うには若い力が必要だ」

「それに、誰も彼のことは覚えていない!」誰かが言う。

「過去を掘り返されることもない!」別の誰かが言う。

「祖国愛の欠如が取沙汰されるかもしれない」一度もアレパを出たことのないデ・ラ・カデナ氏が口を挟む。

「難局に差し掛かって逃げ出した者たちの一人だな」ビルバオ銀行に隠し預金があることも忘れてドン・イグナシオ・レドンドが言う。「我々のように正面から闘おうとはしなかった」

ベラウンサランが土地収用法を持ち出した時、栄華を極めていたクシラット一家は所領を売り払ってニューヨークに投資し、二度と国に戻らぬつもりで海外に移住したのだった。

パコ・リドルエホが、ホワイト・プレインズでクシラットと過ごした三週間を思い起こし、ペペがアレパの話をしない日は一日もなかったと断言する。

「祖国を懐かしく思っているのです」彼は締めくくる。

「クシラット一家はかつても今も我が一家と懇意にしているが」ドン・カルリートスは言う。「ペペが大統領になったら、我々の利害を守ってくれるだろうか？」

「我々と心は一つです」リドルエホは確約する。

新案など出てくる余地もない雰囲気から新案が出てきて俄かに活気づいたこともあり、また、他に解決策がないこともあって、その夜、穏健党は大統領候補にクシラットを迎える方針を決めた。議事録にも残され、彼宛ての手紙には、「高潔な市民的美徳、自ら亡命の道を選ぶほど高邁な政治理念、その他様々な個人的素養に鑑みて」この決定に至ったことが記された。だが、実のところ、党員たちの心を大きく動かしたのは、楽観と幻想に囚われてドン・バルトロメ・ゴンサレスが思わず漏らしたこんな言葉だった。

「飛行機で来てくれれば、選挙戦の勝利は間違いないいな」

アレパで飛行機を見たことがある者は誰もいなかった。

6 ハイ・ライフ

アンヘラは夫が叩き売りで手に入れたベーゼンドルファーの巨大なピアノを荒っぽく叩き、ドクトル・マラゴンは髪を振り乱して椅子から半ば立ち上がったまま調子外れの高音を追い求めるうちにヴァイオリンでフィオリトゥーラを繰り出し、ペレイラはおずおずと自分のパートをこなし、老キロスは陰気臭くヴィオラに向かい、レディ・フィップスは下着丸出しで両脚の間にチェロを挟んで力強い顎を突き上げ、偉大なるレクンベリ五重奏が大音響で奏でられている。

聴衆はいずれもウィーン風の椅子に腰掛けており、ドン・カシミロ・パレトンは書き上げたばかりの「民主主義へのオード」を朗読するタイミングを見計らい、コンチータ・パルメサーノはイギリス製のクラッカーをシェリー酒に浸し、イナストリージャス神父は眠気に囚われ、ペピータ・ヒメネスは美的感動に悶え、五年前から女主人の歓心を買おうと熱心なバリエントスが彼女の動きに目を光らせ、レガラード姉妹は退屈し、ドン・グスタボ・アンスーレスはカジノに行きたくないばかりに音楽に耳を傾けている。

崇高な不協和音で曲が終わる。客たちは拍手と「ブラーボ」の掛け声を浴びせる。

「素晴らしい演奏ね！」クラッカーの屑を払い落としながらドニャ・コンチータが言う。

「あなたがいなければ我々はどうなることだろう、ドニャ・アンヘラ」目を覚ましたイナストリージャス神父が言う。「この島は砂漠も同然になってしまう」

足を引きずりながら口髭をよじらせてバリエントスがアンヘラに近寄り、その目を見つめながら言う。

「あっぱれ！」

マラゴンは情熱的カタルーニャ人の仕草でペレイラに話しかけ、唾を飛ばしながら言う。

「いけませんね。第二楽章はあれではダメです。私がタラリラリラリーと弾くところで、あなたはティラリラリラーとやってくれないと。さっきみたいに、タリラララリラリーとやられると、次に来る部分を私がタララリタラララーとできなくなってしまいます。わかりますか？」

「そうですね、ドクトル、次はご期待に添えるよう頑張ります」

「この曲は」ボーイに差し出されたオレンジ・シャーベットのグラスを手に取りながらペピータ・ヒ

メネスが言う。「美しすぎて、悲しくなってしまうわ」

「アイ・セイ！」チェロを脇に置いて脚を閉じながらレディ・フィップスが言う。

老キロスは黙ったままヴィオラをケースにしまう。

「最高レベルのオーケストラにもひけをとらない演奏です」酒に髭を濡らしながらドン・カシミロ・パレトンが言う。

イギリス風のスーツに身を包んで上機嫌のドン・カルリートスが広間に入ってくる。

「遅くなったかな」彼は言う。

「せっかくの好演を逃しましたね！」ドン・グスタボ・アンスーレスが答える。

「これからドン・カシミロがオードを朗読します」アンヘラが言う。

「それはよかった！　それはよかった！」諦めた様子でドン・カルリートスは叫ぶ。

「即興ですよ」謙遜してパレトンは言う。

「遅れたのは、ベラウンサランとドミノをしていたからです」ドン・カルリートスが控え目にドン・グスタボ・アンスーレスに伝える。「先行き不透明なうちは、誰にでもいい顔をしておくしかありません。クンバンチャの農園が没収されないようお願いしておきました」

「私にもお口添えを願います、ドン・カルリートス。私も農園を所有していますので」アンスーレスはすがりつく。「ご恩には必ず報います」

「少しお待ちください。今は時期尚早です。しっかり状況を見極めないと。その時が来ればお任せください」

アンヘラがペレイラに近づき、優しい調子でそっと話しかける。

「ジャケットを用意しておきました」

身に余る親切にたじろぎながらペレイラは答える。

「ありがとうございます、セニョーラ！」

「ドン・カシミロのオードが終わったらすぐに差し上げます。声を掛けてください」

「もちろんです、セニョーラ」

ボロボロになったペレイラの靴を見ながらアンヘラは訊ねる。

「靴のサイズは？」

その時ボーイが近寄って、盆に乗せた電報をアンヘラに渡す。一同は静まり、待ち受ける。心臓が飛び出しそうだとでもいうように、アンヘラは胸に手をあてる。

「何かしら？」憑かれたように封筒を見ながら彼女は言う。

「開けて何が書いてあるか見るんだ」好奇心に駆られて近づきながらドン・カルリートスが言う。

「早く、みんなウズウズしているんだから！」

アンヘラは封筒を開けて読む。表情が明るくなる。視線を上げて皆に伝える。

「皆さんにとっても吉報です！　ペペ・クシラットからです。《リッコウホ点マエムキニ点ウケトメル丸ヒコウキデトウチャクス丸クシラット》」

アンヘラは電報を胸に抱き締め、周りから歓喜の叫びが上がる。

「ブラーボ！」バリエントスは言う。

「あの青年は金の卵だ！」ドン・カルリートスは言う。

「オードのタイトルを《民主主義への》から《クシラットへの》と変えるとしよう。とはいえ、本来ならこの電報は、穏健党公式本部のあるアレパのカジノに宛てられるべきところだがな」

ドン・カルリートスが口を挟む。

「ペペと私たちはずっと前から固い絆で結ばれています。決定をまず私たちに伝えたいと思うのは当然でしょう」

まずグラスの割れる音が聞こえ、続いて、荷物が崩れるような鈍い音が聞こえる。ペピータ・ヒメネスの食べていたオレンジ・シャーベットがペルシャ絨毯に染みを作り、その脇に彼女が気を失って倒れている。

ドクトル・マラゴンが容態を診る一方、イナストリージャス神父が聖油でも施しかねない様子で脇に控えているので、コンチータ・パルメサーノが彼の強張った手をおさえて耳打ちする。

「昔ペペ・クシラットと付き合っていたんです。一五年も待っていたんですから、失神するのも無理はありません、かわいそうに」

ペピータ・ヒメネスは目を覚まして問いを発する。

「ここはどこ?」

マラゴンは安心する。

「感情が高ぶっただけだ。コニャック一杯で落ち着くでしょう」

緊張が解ける。ドン・カルリートスが部屋から出て大声で言う。

「コニャックだ!」

《脅かさないでよ》という声が聞こえる。

ペピータの鼻先に香水で湿らせたハンカチを近づけていたアンヘラにペレイラが近寄り、その腕を取って話しかける。

「靴のサイズは二六です」


その日の夜ペレイラは、義母の家に戻ると、ヴァイオリンのケースと楽譜を入れたブリーフケース、ストライプのジャケットとツートンカラーの靴を抱えて薄暗いリビングに入る。薄闇で慌てて服と靴を脱ぎ、パンツ一枚になる。喜び勇んでツートンカラーの靴を履き、紐を締めたところで、誰かが隣の部屋で泣いていることに気づく。立ち上がって、パンツ一枚に靴という格好で寝室に入る。点いたままのランプに照らされて、ベッドでエスペランサが泣いているのがわかる。

「なぜ泣いているんだい？」

「もうあなたが愛していないから」

ペレイラはドアを閉め、妻のもとへ歩み寄りながら熱を込めて言う。

「愛してるよ！　愛してる！」

シーツを掴み、すこし大げさに荒っぽく妻の姿を剥き出しにする。裸。靴を履いたまま彼女の上に乗る。

「愛してるよ！」彼は言う。

するとと彼女は答える。

「気をつけて、肝臓が痛いの」

7 遠足の日

シェルブールを出た後、ニューヨークとプエルト・アレグレを経由して最終目的地のブエノスアイレスへ向かうフランスの大西洋横断船ナバラ号の積荷監督官ムッシュー・リポランは、タラップの脇で積荷リストを手に、イギリスの馬二頭と旅行用トランク一二個の積み下ろしに目を光らせている。黒服に山高帽という出で立ちで、肩から猟銃を二丁提げた背の低いスペイン人マルティン・ガラトゥーサがその横に立っている。

リポランが受取証を差し出す。

「これみんな、アンタのかね？」鼻にかかったスペイン語で問いかける。

「いえ、セニョール、そうではありませんが、受取証には私がサインするよう言われています」派手に円形を散りばめたサインをしたためながらこう言った後、ガラトゥーサは説明を続ける。「私はクシラット氏の執事で、主人は明日飛行機で島に着くのです」

「飛行機？」目を大きく見開いてリポランが訊ねる。

「腕利きのパイロットですから」誇らしげにガラトゥーサは言い残し、短い脚を動かしてタラップを駆け下りていく。

故郷プエルト・アレグレに戻るというので、ペペ・クシラットは愛用の複葉機でホワイト・プレインズを発って、まずボルチモアに着陸し、シャーロットで一泊、アトランタで煙草を購入、タンパで昼食、ハバナで修理を待って一五日過ごした後、アレパ史上記念すべき一日となる一九二六年五月二三日午前一〇時、前方にアレパの海岸線を認めた。

プエルト・アレグレ北部のベントサ平原は、路面電車のパレドン－レメディオス線の終着駅から約三キロの位置に広がっている。一面緑の草原を横切って小川が流れ、その両岸にタマリンドの木が生えている。「野生馬」、「中央小山」、「蒸留」という名の三つの小高い丘に囲まれており、周辺でカカオやコーヒー、煙草が栽培されている。

クシラットのブレリオが問題なく着陸できるよう、大統領命で出動した軍隊が、平原の中央部に根を伸ばしていたユカイモの除去と草を食む牛の追い出しを終えたうえで、輪になって空き地を囲み、子供たちが遊びに入って飛行機の下敷きになることなどないよう目を光らせた。近くの小屋に住む女たちは、多くの人が着陸の見物に訪れることをあてこんで、フライドフィッシュやタマルを準備した。

終着点のレメディオスに路面電車が満員で到着するのは、その朝が最初で最後だろう。路面電車運営会社の取締役ミスター・フィッシャーは、グアラポ－チウアラン線から電車を二輛取り寄せて増発にあたった。

ストライプのジャケットにツートンカラーの靴という格好で、借り物の帽子を手に朝九時半に路面電車からレメディオスに降り立ったペレイラは、一張羅を着た貧乏人やチュロ売りの間を縫うようにして進み、舗装のない道を辿ってベントサ平原に向かった。

少し進んだところで、白バイの後部座席で運転手に掴まったガルバソが彼を追い抜き、サイドカーに座っていたドニャ・ロシータが土埃と手を上げて彼に挨拶した。

ベリオサバル家の運転手が、ボーイと庭師、家政婦と協力して、ウェストファリアンハムのサンドイッチと七面鳥のグリル焼きとグルイエール・チーズを詰めた籠二つ、ロデルのオードブル三缶、オレンジ一ダース、サン＝テミリオン六本、コーヒーポット三本、マーテル一本、食器ケース一つ、折り畳みテーブル一脚にテーブルクロス、このすべてを苦労してデュッセンバーグのトランクに積み込んでいる。

青と白のドレスを時代遅れのフリルで飾ってイタリア製の麦藁帽子を被ったレガラード姉妹が、三〇分前から後部座席に座っている。

ワォルトのデザインしたドレスを纏うアンヘラと、ラフなシャツ姿で凹んだ胸に望遠鏡を抱えるドン・カルリートス、場違いなツバ広帽を被るドクトル・マラゴン、そして感動に胸の弾けそうなドニャ・コンチータ・パルメサーノが、遠足に備えて用足しを済ませたうえで車に乗り込もうとする。

「ティンティンは？」レガラード家の間抜け娘が訊ねる。

「ゴンサレス家のロールスで出発した」ドン・カルリートスが答える。

「ごきげんよう、お嬢様方！」リュウマチの足をステップに乗せながらマラゴンがレガラード姉妹に声をかける。

「やっと飛行機が拝めるのね」コンチータ・パルメサーノが言う。

「それにペペ・クシラットも」アンヘラが言う。「一五年ぶりね」

「途中で落ちなければいいけど！」悪い予感に囚われてペピータ・ヒメネスが言う。

「縁起でもない！　くわばら、くわばら！」パルメサーノが答える。

「無事やって来て、前と同じようにあなたを愛してくれるわよ」おだてるような調子でアンヘラがペピータ・ヒメネスに言う。

口うるさいドン・カルリートスが招待客を数え、どこに座るべきか一人ひとりに指示するが、何度も思い直して席をかわらせる。運転手が小声でアンヘラに伝える。

「すべて収まりました、セニョーラ」

アンヘラがコンチータに耳打ちする。

「美味しい食前酒があるのよ」

美味いものに目のないコンチータは目を白黒させる。

「何が食べられるかと考えただけで涎が出てくるわ」

「ご婦人方、無駄話はそのぐらいにして、後ろの座席に移ってもらえますか?」ドン・カルリートスが訊ねる。

女性陣とマラゴンが後部座席に身を寄せ合う。ドン・カルリートスは運転手の横に座り、幌を下ろしたデュッセンバーグが発車すると、女性たちは帽子を押さえながら歓声を上げる。

土の道を進む貧者の行列は次第に密度を増す。時折、汗と埃にまみれた車が速度を落として近づいてくると道を開け、クラクションと砂埃を後に残して通り過ぎる様子を見つめる。ペレイラの脇を通過した大統領用スチュードベーカーには、緑のジャケットを着たカルドナが一人で乗り込み、ボニージャとパレトンとデ・ラ・カデナ氏は借り物のメルセデスに体を寄せ合っている。最後にベリオサバル一家と仲間たちの車が挨拶の声だけ残して走り去り、ペレイラは帽子をとって挨拶に応えねばならない。

ベントサ平原の中央部には誰もおらず、その周りでお祭り騒ぎが始まっている。揚げ物や泣きじゃくる子供や不機嫌な母や痰の絡む男たちの間を縫って歩くうちに、ペレイラは前日から場所取りをしてあったタマリンドの木陰に辿り着き、すでに車で到着して招待客とともにテーブルに食事を広げていたベリオサバル一家と合流する。

「お姿をお見掛けした時」バチスト布のハンカチでマヨネーズの染みを落としながらアンヘラが言う。「車を停めて乗っていただこうと思ったのですが、遅すぎました。すでに一キロも先まで進んでいました」

「何を言ってるんだ、アンヘラ？　ペレイラには運動が必要なんだ」ウェストファリアンハムで頬を膨らませたマラゴンが言う。

「ジャケットがよくお似合いだわ」上から下までペレイラを吟味しながらアンヘラが言う。彼の腕をとって、運転手が給仕役を務めるテーブルへ導く。「お食事をどうぞ。これだけ歩いた後ではお腹も空いているでしょう」

ボニージャとパレトンとデ・ラ・カデナ氏も一行に加わっており、テーブルの近くでご相伴にあずかっている。厳粛な面持ちの運転手が、サンドイッチを覆う濡れタオルをとる。ペレイラは何に手を伸ばせばいいかわからない。ボロ着で鼻水を垂らした黒人の子供が、数メートル先で鼻をほじりながら食事風景を見つめている。

これを見たアンヘラが、人情と母性に心を動かされ、サンドイッチの山から一つ取り上げて子供に渡すと、彼は口に入れる前に不審な顔でこれを調べる。アンヘラは会食者のほうへ向き直って言い訳を並べる。

「私は、こういうことは黙って見過ごすことができないのです」

一同は優しい目で彼女を見つめる。黒人の子供が一口食べただけでまずそうにサンドイッチを放り投げる様子は誰の目にも入らない。

その時、フロントガラスの縁に両肘をついてデュッセンバーグの車内に立っていたドン・カルリートスが、望遠鏡で遠くを見つめたまま叫び声を上げる。

「来た！　来たぞ！」

誰も食事をやめず、皆サンドイッチを手に持ったまま、望遠鏡の指す方向を一斉に振り向く。空に見えた点がだんだん大きくなってくる。

8 クシラットの飛行機

草原の周りを旋回したブレリオは、降下して一度地面で跳ねた後に機首を上に向け、速度を上げて再び上昇する。もう一度旋回して、機体を揺らしながら着陸し、小川の一メートル手前で停止するが、ぽつんと生えたウイサチェの灌木に翼を傷つけられる。

驚愕の目で着陸を見つめていた人々はそこで我に返り、軍人たちの警戒線を破って、近くから飛行機を見ようと一斉に駆け出す。

パイロット帽を被って冷たい鼻の下に絹のマフラーを巻いたペペ・クシラットが操縦席から立ち上がり、ひとっ飛びで地面に降り立つ。オーバーオールを脱ぎながら、殺到する群衆のみすぼらしい姿を眺める。子供は叫び、犬は吠え、誰もがブレリオ目指して駆け出す。一番乗りはメカニックの格好をしたマルティン・ガラトゥーサで、クシラットは気さくに帽子をとって彼を抱きしめる。そして二人揃って身を屈め、翼の傷を調べる。集まった人々は節度を保って少し離れた位置から見ているが、痩せこけた犬が近寄ってけたたましく吠える。クシラットの幼馴染みで、かつてはどんちゃん騒ぎを共にした無鉄砲な若者から、党の古参まで、様々な穏健党員が群衆から進み出て彼と熱い抱擁を交わす。

「よく来てくれた!」ドン・カルリートスは言う。

「祖国へようこそ!」パレトンが言う。

「見事な着陸だった」ヨーロッパ旅行中に飛行機を見ていたパコ・リドルエホが言う。

「旅路はどうだった?」ロールス付きゴンサレス家のドン・バルトロメが訊ねる。

「キューバを出発する時は悪天候でした」クシラットは答える。

「さあ、何か食べて、ワインでも飲んでくれ」クシラットの肩に腕を回しながらドン・カルリートスが言う。「腹を空かせていることだろう」

「ドニャ・アンヘラはお元気ですか?」クシラットは訊く。

「君に会いたがっているよ」ドン・カルリートスが答える。

マルティン・ガラトゥーサが近寄って、恭しい態度で言う。

「傷はたいしたことありません、セニョール。すぐに修理できます」

「よかった」手袋を外しながらクシラットは答え、ベリオサバルのほうへ向き直りながら続ける。

「それではお言葉に甘えて」

気を良くしたドン・カルリートスは、周りの人々に向かって告げる。

「皆さんもご一緒にどうぞ。妻が大量のサンドイッチを用意していますので」

背が高くスタイルもいいクシラットは、髪こそ乱れていたものの、革ジャンに乗馬用のズボンとブーツという出で立ちで、ドン・カルリートスと腕を組んで歩き出す姿は颯爽としている。群衆は道を開け、新興宗教の教祖でも前にしたように畏怖の眼差しで彼を見つめている。老いも若いも穏健党員たちが口々に印象を述べる。

「立派になったもんだ！」

「ずいぶん変わったな！」

「だいぶ老けたな！」

群衆の間を抜けると、草原の端のタマリンドの木陰に女たちが待機しており、クシラットの姿を見て言葉を交わす。

「男前ね！」

「背が高い！」

「精悍ね！」

コンチータ・パルメサーノとレガラード姉妹の間でペピータ・ヒメネスが震え、下ろしたての服の皺を伸ばしながら黙り込んでいる。

アンヘラが草の上に数歩進み出て、風に帽子を飛ばされぬよう手で押さえる。遠くに彼女の姿を認めると、クシラットはドン・カルリートスの手を逃れて集団の先頭に立つ。クシラットが誰を差し置いてもまず自分に挨拶しようとしているのだと察したアンヘラは、これはいけないと思い、先手を打って後ろを振り返りながら言う。

「来なさいよ、ペピータ！　何をぐずぐずしているの？」

すでにふらふらで失神しそうなペピータは、覚束ない足取りでアンヘラの横に立ち、ちょうどその時、クシラットは両手を広げて三メートル先から声を上げる。

「アンヘラ！」

クシラットがかつての恋人に気づいていないことがわかって、アンヘラはぎょっとする。

「ペピータよ」彼女は言う。

クシラットは一瞬当惑して立ち止まる。恨みのこもった眼差しで自分を見つめる平凡な大きい目、病的に白い肌、小さく見せようと引き締めてはいても締まりのない口、そんなものを見つめるうちにようやく落ち着きを取り戻し、嬉しいふりを装って言う。

「ペピータ！」

彼女を抱き寄せようとするが、ペピータは顔を赤らめて首を曲げ、目を落とし、咆哮のようにぎこちない笑い声を上げ、臆病風にでも吹かれたのか、ただ手を差し出すだけなので、クシラットは再び戸惑いながらその手を握る。

「ずいぶん変わったね！」最初の反応を取り繕うように彼は言う。「というか……　きれいになったね。垢抜けた」

そしてアンヘラのほうへ向き直り、優しく抱きしめる。

一様に皆チュールを着て、ツバ広の帽子に日傘という格好のコンチータ・パルメサーノ、レガラード姉妹、レドンド姉妹、チャバカノ姉妹、そしてレミヒオ・イグレシアスとフォルトゥナタ・メンデスの娘たちは、わけもわからず感動しながら、少し羨望のこもった眼差しで数メートル先から様子を見つめている。

もう少し先では、ペレイラがサンドイッチを手にしたまま背の高い細身の新参者に視線を注いでおり、得体の知れないこの洒落者が、アンヘラに続いて、女性一人ひとりに挨拶する様子をじっと見守っている。

タマリンドの木陰で、レガラード姉妹を先頭に、アルバム帳を広げて胸に抱きしめたお嬢様たちが一列に並び、アンヘラと並んでデュッセンバーグのトランクに寄りかかったクシラットからサインとメッセージをもらおうとしている。

テーブルに着いた男たちは、飲み食いしながら機械談義に耽っている。

少し離れたところでペピータ・ヒメネスが網を手に蝶を捕まえようとしている。

そのもっと向こうには大統領専用のスチュードベーカーが停まっており、律義に耳を傾けるドン・カルリートスに向かってカルドナが話している。

「元帥が彼に会いたがっています。私は彼と面識がないので、どう切り出せばいいかわからないのですが、あなたから、今晩九時に宮殿へ行くようお伝え願えませんか」

頼りにされていることは嬉しかったものの、意向に添えない可能性もあると感じていたドン・カルリートスは、自分の影響力を相手に印象づけるような態度で言う。

「少し様子を見てみます、セニョール・カルドナ。なんとかお力になれるよう最善を尽くします」

「私はこれで失礼します、セニョーラ」帽子を手に近づいてきたペレイラが、デュッセンバーグの昇降台に足をかけたアンヘラに伝える。

「ペペ」彼女は横にいるクシラットに声をかける。「ペレイラさんを紹介させて。絵もヴァイオリンもとてもお上手なのよ」

ペレイラは感激し、クシラットはぼんやりしたまま、二人は型通り「はじめまして」と言葉を交わす。

「お乗せするわけにはいかないわ」アンヘラがペレイラに説明する。「人数が多すぎて」

「どうぞおかまいなく、セニョーラ」ペレイラは言う。「慣れていますから」

ペレイラのことを忘れてアンヘラはきょろきょろ辺りを見回しながら問いを発する。

「主人はどこ?」

幸せそうにドン・カルリートスが近寄り、足取りも軽く愛車に乗り込んでくる。

「後ろには座らせないよ」クシラットに向かって言う。「私と一緒に前に乗ってくれ、大事な伝言があるんだ」

クシラットはしぶしぶこれに従い、軽い笑みで体裁を取り繕ってペレイラと別れた後、車を一回りしてドン・カルリートスと運転手の間に座る。ドアの閉まる音、そして乗り合わせた人々の歓声とともに、満員のデュッセンバーグは発車する。アンヘラは、マラゴンの脚とペピータのペチコートの間に挟まった日傘に気をとられ、ペレイラのほうを振り向きさえしないが、帽子を被りながら一行の出発を見つめていた彼は、恨む様子もなく、むしろ満足げな顔をしている。

その後、ペレイラは現実世界に戻って溜め息を漏らし、群衆の間を歩き始める。汗だくで髪も乱れて不機嫌な母親たちは、小便を漏らした子供を腕に抱いて、さっさと帰路につきたいので、将軍のように大声を上げて仲間を集めにかかる。男たちは瓶の底に残る酒を飲み干す。最後に残った車数台がガタガタと草原から走り去っていく。ペレイラは立ち止まり、草原の真ん中に残されたブレリオのほうへ目を向ける。布切れを手にしたマルティン・ガラトゥーサが、汗まみれの純血種に向かう馬丁のように心を込めて丁寧に油汚れを拭きとっている。

9 束の間の誘惑

「わかってくれよ、ペペ、重要なことなんだ」宮殿に着く前にドン・カルリートスはクシラットに言う。「二人にとって、つまり、私にとっても君にとっても」

ネクタイピンの位置を直す。クシラットは黙っている。ディオン・ブートンの窓から薄暗い通りを眺めていると、痩せた犬や消えることのない水たまりが目に入る。見ているうちに記憶が甦ってくる。

「穏健党の候補になるのは名誉なこと」ドン・カルリートスは続ける。「それはそうだろう。だが、元帥からわざわざ呼び出しがかかるということは、ただの挨拶が目的じゃない。何かものすごい提案をしてくるはずだ。買収にかかるわけさ。こんな場合には、ペペ、経験者の声に耳を傾けるのが一番だ。長い間辛い目に遭ってきた男なら、《空飛ぶ鳥百羽より手の内の鳥一羽》と諭すことだろう。よほどの奇跡でも起こらないかぎり、選挙に勝ち目はない。だが、どんな内容であれ、元帥の提案を受け入れれば、君も、君を連れてきた私も、絶対に損はしない。これで元帥に貸しを作れるし、今後もずっと取引の材料になる。どんな内容であれ、君が提案を断れば、瀕死の党の大統領候補として路頭に迷い、私は面目丸潰れだ」

「そんなことはないでしょう、ドン・カルリートス。こうして私を連れてきているのですから」

「政治とはそういうものなんだよ。私は君の代父で、君のすることに責任がある」


大理石でできた宮殿の階段は、とあるヴェネツィアの屋敷を真似たものだという。硬いカラーの黒服に身を包んで帽子を手にしたドン・カルリートスとクシラットは、守衛に導かれて階段を上る。

「すぐにわかるさ」ドン・カルリートスは言う。「気さくな人物だ」

クシラットは返事の代わりに欠伸を漏らし、手で口を押さえる。ベラウンサランの声に当惑し、躓きそうになる。

「ようこそ!」

ベラウンサランは階段の上に笑顔で立っており、仕立てのいいグレーの軍服の襟元を掴むその姿が魚雷のように見える。ドン・カルリートスは勝ち誇ったように飛び上がり、紹介の前に叫び声を上げる。

「元帥、こんな愚息を連れてここへ参上できるとは、このうえない名誉です。クシラット技師、共和国大統領ドン・マヌエル・ベラウンサラン閣下です」

権力の頂点に立つ人物らしく、ベラウンサランは素っ気なくクシラットの手を握る。今は立派な軍服を着ていても生まれは卑しいことを知っているクシラットは、同じように素っ気ない態度で臨む。

「お互い、噂話はよく耳にしていることでしょう」笑みを浮かべたベラウンサランはドン・カルリートスに向かって説明し、二人とも有名人であることを強調する。

「はじめまして」クシラットは言う。

両者の対面が偉大な歴史的瞬間だとでもいわんばかり、ドン・カルリートスは大声で言う。

「二人を前にしては、私など哀れな小悪魔も同然です」

ベラウンサランは内心同意して鷹揚な目でドン・カルリートスを見つめ、廊下のほうを指差しながら二人の来訪者に言葉をかける。

「こちらへどうぞ」

もはや何もすることはないと察した守衛は、三人が世紀末のブロンズ像に挟まれた廊下を歩き去る様子を見届けると、階段を下りて小屋へ戻り、テーブルの前に座ってすぐにうとうとし始める。

大統領と来訪者は、独裁者の専用執務室に入る。ベラウンサランは背の高い肘掛け椅子に腰を下ろし、腹に邪魔されることなく脚を伸ばす。ドン・カルリートスとクシラットは、モロッコ革を張った低いソファーの両端に座る。ベラウンサランは準備してきた言葉を手短に述べ、クシラットの立候補には触れることなく、飛行機の到着がアレパにとっていかに重要か論じ上げる。

「これは進歩に新たな道を開く出来事だ」

ベラウンサランが話す間、ドン・カルリートスはその言葉に聞き惚れ、クシラットはぼんやり視線を部屋に泳がせている。玉飾りのついたランプに照らされて、パンタグリュエル的頭脳を持つ独裁者の持ち物らしい巨大なテーブルが浮かび上がっているが、そこで行われることといえば、勅令や不公平な法、死刑宣告への署名ぐらいだろう。胸を国旗で覆ったこの部屋の主人が壁から目を光らせ、マントルピースの上では、イタリア大理石製の胸像がヘラクレスのように若々しい独裁者の裸を再現している。

ベラウンサランは話を続け、本題に差し掛かる。

「アレパ空軍を組織する時が来た」

クシラットの目の動きが止まり、声の主に視線が注がれる。どきりとしてドン・カルリートスは身を乗り出し、目を輝かせる。

闘牛場の舞台準備が終わったと見るや、ベラウンサランは颯爽と剣を突き出す。

「その準備を貴兄にお願いしたい」彼はクシラットに向かって言う。「空軍のトップとして、中将の地位を準備する。公費でヨーロッパへ渡って、貴兄の見る最高の戦闘機を六機、購入してきていただきたい」

ドン・カルリートスはたまらず大声を上げる。

「ペペ、来てよかっただろう！」

腰を上げたベラウンサランは、両手を背中に組んで数歩進んだ後に立ち止まり、クシラットのほうを振り向いて問いかける。

「いかがかな？」

クシラットは怪訝な表情になる。

「何が目的なのですか？」

「空軍創設の目的ということかな？」ベラウンサランは姿勢を変え、両腕を胸の上に組み直して自明の理を説明する。「貴兄が示してくれたとおり、飛行機があれば外からアレパへ来ることもできるし、逆にアレパから様々な場所へ行くことができる。飛行機部隊を結成すれば、領土問題も有利に進めることができるかもしれない」

「ワナバナ島のことですか？」クシラットが訊ねる。

「そしてコルンガ島」ベラウンサランは答える。

「それにゴロンドリナ諸島も！」ドン・カルリートスが付け加える。「スペインの統治時代には、サンタ・クルス・デ・アレパの管轄下にあったのですから」

クシラットは即答を避け、突飛な論理だという可能性を匂わせる。

「しかし、空軍創設となれば」ようやくクシラットが口を開く。「莫大なお金がかかります。国の財政に大きな負担となるのではありませんか?」

「すべて計算済みだ」ベラウンサランは言う。「空軍のほうが巡洋艦より安上がりなうえ、話題性が大きい。しかも、国の威信に繋がるから、やがては利益になって返ってくる」

クシラットは考え込み、モロッコ革に身を沈める。ベラウンサランは葉巻に火を点ける。ドン・カルリートスは喜びを爆発させて言う。

「素晴らしいニュースだ!」

ベラウンサランも言い添える。

「ヨーロッパへ行ったら、貴兄自ら六人のパイロットと契約を結んできてほしい」

「二人で十分でしょう」クシラットが応じる。「あとは私とともにアレパ人のパイロットを養成すればいいと思います」

トイレのほうへ向かっていたベラウンサランがいきなり足を止める。

「それは絶対に認めない」葉巻をくわえたままトイレのドアを開け、ズボンの前ボタンを外しながらもごもごと話を続ける。「革命にでもなって、六人の無法者に家を爆撃されてはかなわない」

言葉が途切れたところでドアが閉まる。ドン・カルリートスとクシラットが二人きりで後に残される。

「絶好の機会じゃないか！」ドン・カルリートスは言う。「こんなチャンスを逃す手はないぞ！」

「しかし、私は別の目的で来たのですよ！　大統領選挙に立候補するために戻って来たのですから！」

「大統領選挙も何もあるものか！　つまらないことにこだわるんじゃない！　いいか、部隊のトップ、空軍中将だぞ！　アレパの要人になれるチャンスじゃないか！」

トイレの水が流れる音が聞こえて彼は熱狂を抑え、黙って別のことを考え始める。ドアが開く。ベラウンサランがズボンの前を閉めながら現れ、問いかける。

「さて、いかがかな？　受けてもらえるかな？」

イングリッシュ・オーヴァルを吸っていたクシラットは、答える前に煙を吐き出す。気の逸《はや》るドン・カルリートスが代わりに口を挟む。

「もちろん受けますとも！」

クシラットは物臭に煙を吐き出す。

「少し考える時間が必要です」

「どのくらいかな？　二〇分？　三〇分？」先走るベラウンサランは急き立てる。

「二日ほど猶予をください」クシラットは言う。

ベラウンサランは苛立ちに顔を顰めるが、すぐに納得する。

「よろしい。それでは、明後日の同じ時間にまた来ていただくとしよう」

クシラットとドン・カルリートスは人気のない階段を下りる。ドン・カルリートスがしつこくクシラットに食い下がる。

「なあ、受けてくれるよな、ぺぺ！　受けると言ってくれ！」

クシラットは階段の途中で一瞬立ち止まり、熱のこもった相手の目を同情の目で見つめながら、悲しげな笑みを顔に浮かべて言う。

「私の答えは……」

一瞬だけ精悍な美しい顔が崩れ、唇と歯の間に舌を挟んで大きな屁の音を出す。同時に、思いもよらぬほど素早く両手両腕を動かし、猥らなポーズをして見せる。ドン・カルリートスは最初驚いた後に落胆する。胸がしぼみ、肩も視線も落ち、眉から力が抜け、口が半開きになる。クシラットは普段の姿に戻り、平然と階段を下りてゆく。

「カジノへ行きましょう」彼は言う。

ドン・カルリートスは意気消沈して後に続く。ケルビムと薄闇の間で欄干に寄りかかっていたベラウンサランが実はこのすべてを目撃しており、顎と眉を引き締めていたことを知ったら、彼はもっと意気消沈していたことだろう。二人が視界から消えたところで、ベラウンサランは踵を返して歩き出し、両手を背中に組んで暗い廊下を進みながらあれこれ考え始める。最初は静かに考えていたが、やがて自分が愚弄されたことに気づき、猛烈な怒りに囚われる。

条約の間、中華風サロン、専用執務室、緑の間を次々と後にし、最後のドアの前で立ち止まると、荒々しくこれを開け放つ。

肘掛け椅子で『エル・ムンド』を読みながらうとうとしていたカルドナが目を上げて震え上がる。大きな音を立ててドアを閉めたベラウンサランが、狂った象のように近づいてくる。

「終わりだ！　空軍など必要ない！　あんな愚か者を相手にする必要はない！　空軍中将にしてやると言っているのに、考える時間が必要だという。二日も！　それを許してやったのに、数分後には、階段を下りながら、あいつを連れてきた間抜けに向かって、返事は《プルルル》だとかぬかしやがった！」屁の音を真似、手を捩じって、クシラットがとったのとまったく同じポーズをする。

カルドナは赤面する。ベラウンサランは続ける。

「《プルルル》が返事だというのなら、こっちから《プルルル》をお見舞いしてやる」

10 お祭り騒ぎとその後

カジノはお祭り騒ぎになっている。会員用の食堂に夕食が準備され、ペペ・クシラットの帰国を祝して宴が催された。丸テーブルに白いクロスが掛けられ、一二人分の食器が並んでいる。飲み食いが続き、イカ墨やホイル焼きチキンのソース、チョコレート・ムースでクロスが汚れている。プエルト・アレグレのカジノで給仕長《メートル・ドテル》を務めるのは、振る舞いがいかにもスペイン人らしいアンドレ・アレチェデーレであり、盆を手に残り物を片付けて回るのろまのパブリートとともに、シャブリやヴァルポリチェッラの空瓶を回収して、会食者が打ち解けた雰囲気でコーヒーと葉巻とマーテルとマラゴンの無駄話を楽しめるよう取り計らう。

「鼻デカの王が結婚した時なんて、そりゃもう大騒ぎさ。グランビアに爆弾、サン・アントニオにも爆弾、教会の香部屋にも爆弾、きっと最高の結婚初夜を過ごしたことだろうな」

幼馴染でよく悪さをともにしたペペ・クシラット、ココ・レガラード、パコ・リドルエホ、カバージョ・ゴンサレスの四人は、先輩たち——ようやく普通に歩けるようになったドン・ミゲル・バリエントス、カバージョの父ドン・バルトロメ・ゴンサレス、黒服からラフな服に着替えたドン・カシミロ・パレトン——の笑い声につられて自分たちも笑う。落胆して満足に夕食を楽しめなかったドン・カルリートスはぎこちなく微笑んでいる。模範的市民のボニージャとデ・ラ・カデナ氏は叱責の目で見つめている。若い頃、アレパに来るまでは君主制を支持していたのに、今では猫を被っているドン・イグナシオ・レドンドがマラゴンに向かって言う。

「王に一泡吹かせたのが原因で、アレパに逃げてきたというわけですか?」

マラゴンは立ち上がり、シャンデリアを見つめながら応じる。

「私の出生を見届けなかったこの地に幸あれ」

笑い声と愛国的拍手が沸き起こる。

「そこまでする意味はあったのですか?」レドンドが問いかける。

祖国への愚弄ともとれるこの発言に若者たちは憤慨し、口を開く。マラゴンは、この地に来られたことこそ願ってもない幸運だったと答え、分が悪いと見て取ったレドンドは、自分も「骨の髄までアレパ人」だと力説する。

ボニージャとデ・ラ・カデナ氏は立ち上がって辞去の言葉を告げる。

「もう遅いので」引き留めようとする者もいるが、酒は一滴も飲まないボニージャはきっぱりと言い切る。そしてクシラットに近寄って言う。「明日、選挙戦についてゆっくり話すことにしましょう」

青ざめたドン・カルリートスは言う。

「私も一緒に失礼します」

失言に懲りていたレドンドも、これ以上いても場違いだと察して帰り支度をする。

辛気臭い連中がいなくなって一気に場が盛り上がる。

「娼婦を連れてこい！」ココ・レガラードが言う。

「そうだ、連れてこい！」何人も声を合わせて喝采する。

「連れてこいというのなら」ドン・バルトロメが息子のカバージョに向かって言う。「母さんを連れてくるか、お前をこのカジノから追い出すか、そのどちらかだ、ドラ息子め」

笑い声が起こる。

「ご心配には及びません、お父上」かつて『ドン・フアン・テノリオ』に出演したこともあったカバージョが言う。「この口は堅いですから」

ペペ・クシラットが身を乗り出し、《何でも屋》の異名をとるアンドレシージョを呼んで、ドニャ・ファウスティーナの館で娼婦を調達してくるよう言いつける。

「プリンセサを連れてきてくれ」事情通のパレトンが言う。「ホタを踊ってもらおう」

「私にはムラート女を一人」クシラットが口を挟む。

そしてその夜、借り物の馬車でプリンセサが七人の娘を連れて登場し、クシラットとホタを踊った。ステップを踏んだ時にテーブルをひっくり返してグラスを割ってしまうと、助けに駆け寄ってきたリドルエホに向かってペペは言った。

「昔を思い出すなあ！」

その後、結核病みの黒人女に跨った。

そんなふうに夜を過ごすうちに曙光が射してきたが、まだ歓喜に沸く彼らは、カジノの中庭でのろまのパブリートを胴上げしているところだった。


到着の翌日、息詰まるような真昼の一二時にペペ・クシラットは部屋で目を覚ますが、自分がどこにいるのかわからない。淀んだ目を布張りの壁に走らせ、大きなクローゼット、大理石の洗面台、水差し、盥を次々と見つめる。学生服を着てマンドリンを手にした祖父の写真が目に入り、当惑して視線を止める。最後に、ブラインドに目を止めると、そこから光と真昼の熱気が入り込んでいることがわかり、コルドバネス通りを進む荷車の物臭な軋みが聞こえてくる。そこでようやく自分がプエルト・アレグレにいることに気づく。さらに、ぷつぷつという音が耳に入り、それがナイトテーブルの上にマルティン・ガラトゥーサが準備してくれた発泡剤の泡だとわかる。

「一二時ですよ、セニョール」

クシラットは体を起こす。口の内側がざらつき、息が酒臭く、喉はガラガラ、筋肉痛があり、心の奥に不安が巣食っている。薬を飲む。ガラトゥーサがブラインドを開ける。

「ステーキとポテトでも召し上がりますか、セニョール？」

クシラットは吐き気を覚える。

「部屋着にしますか、それとも、午後ベリオサバル邸に訪ねていく時の服をお持ちしましょうか？」

クシラットは再び横になり、ガラトゥーサに向かって下がっているよう手で合図するが、無視される。

「ドン・フランシスコ・リドルエホがリビングでお待ちです、セニョール」

クシラットは不機嫌に体を起こす。

数分後、パコ・リドルエホが田舎風の格好で部屋へ入ってくる。

「起きろ、怠け者」命令調で言う。「今日は五月二四日だぞ」

「それがどうしたんだ？」

「忘れたのか？　燧石島《すいせきとう》陥落の記念日じゃないか。対抗馬を自分の目でちゃんと見ておけよ」

クシラットは疲労と二日酔いと不機嫌を振り払って立ち上がる。

11 燧石島陥落

一六世紀末、スペイン人は海賊からプエルト・アレグレを守る要塞の建設を決めた。その場所に選ばれたのが、湾の入り口に位置する大きな島「燧石島《すいせきとう》」だった（ある時そこで燧石が発見されたことからそう呼ばれるようになった）。

不審な船の出入りを取り締まるために要塞が造られたのはいいが、実際には海賊がサンタ・クルス・デ・アレパに襲来したことは一度もなく、やがて完全に無用の長物となった。建設された当時、この要塞が後にスペイン軍を罠にかけることになろうとは誰も夢にも思わなかったことだろう。レベンコの戦いの後、サンタンデール将軍は、大打撃を受けた軍の残党を連れてこの燧石島に逃れたのだった。

スペイン軍はこの最後の砦に籠って一一カ月間抵抗を続けた。とはいえ、実のところ、その間攻撃を受けたわけでもなければ必死に抵抗したわけでもなく、単に誰も助けに来てくれなかっただけのことだった。後に虐殺の知らせが伝わった際に、とあるスペインの国会議員が述べたとおり、守備隊は文明世界から見捨てられていたのだ。

一一カ月に及ぶ包囲（とはいえ、スペイン人たちは毎日午後本島を訪れて食料を調達していたから、完全な包囲ではなかった）の末、反乱軍のボスのなかで最も若かったベラウンサランが、スペインによるアレパ支配を永久に打ち砕くべく、一気に勝負をかけることにした。ウマレダの黒人とパソ・デ・カブラスのグアルパ族を浜辺に集め、日が暮れて潮が引いてきたところで、将軍用の派手な軍服を脱ぎ捨てて裸になると、山刀だけを手に持って腰まで海に浸かったかと思えば、わけがわからぬまま彼を見つめていた黒人とグアルパ族のほうを振り返って大声で言った。

「今から私が栄光を手にする！　栄光を望む者は後に続くがいい！」

これだけ言うと、山刀を口にくわえて島へ向かって泳ぎ出した。裸で山刀だけ口にくわえた千人もの男が後に続いた。溺れ死んだ者も多かったが、多くが本島と島を隔てる長さ一〇〇メートルの海峡を泳ぎ切った。島では一四三人のスペイン人が宴に興じ、救いのマリアの栄誉を称えるとともに、レパントにおけるスペイン海軍の奇跡的勝利を祝していたが、誰も侵略者の到来に気づかなかった。五月二四日のことだった。スペイン人は一人残らず殺された。

若くから詩人気取りだったドン・カシミロ・パレトンは、千行に及ぶ高らかな韻文（襲撃の参加者一人につき一行）でこの偉業を称え、当時二四歳だったベラウンサランを「英雄少年」と呼んだが、後にこれが悔やんでも悔やみきれない汚点となった。

毎年五月二四日になると、ウマレダの黒人とパソ・デ・カブラスのインディオが浜辺に集結し、駐在外交官や役人、そして港の群衆の前で、ボンゴのリズムに合わせて六時間も踊り続ける。六時に将軍の軍服を着たベラウンサランが馬に乗って現れ、服を脱いでパンツ一枚になった後、口に山刀をくわえて燧石島まで泳ぐという偉業を再演する。島では、勇ましい音楽を奏でる砲兵隊楽団のほか、祖国の女神に扮した女性が待っており、到着した彼に月桂樹の冠をかぶせる。

彼の後に続く者も多く、毎年溺死者が出る。アレパの富裕層は、「デブが燧石島へ泳いでいく途中に溺れ死んでくれればいいのに」と毎年願い続けているが、独立から二八年経った今も、願いが叶う気配はない。

ペペ・クシラットとパコ・リドルエホは、イングラテラ・ホテルで食事した後、白いジャケットにパナマ帽という出で立ちで砂浜へ向かい、ダンスが佳境に入っていた四時半頃に到着した。

枝を組んだ屋根の下で、籐椅子に座ったサー・ジョン・フィップスが、耳が聞こえないのをいいことに、静かに眠りこけている。その横では、イギリス大使館の一等参事官が蠅を追い払っている。

砂の上に散乱したフライドフィッシュとココナッツの残骸を掻き分けるようにして二人の洒落者は進み、「有料ゾーン」に差し掛かったところで、国会議員席で欠伸をしていたボニージャ、パレトン、デ・ラ・カデナ氏に挨拶する。パコ・リドルエホが二人分の席代を払っていると、近くにいた男がクシラットに親しげに声を掛けてくる。適当に答えた後、パコと並んで腰掛けたところで訊いてみる。

「あの男は誰だい?」

リドルエホが視線を動かすと、長いベンチに座った男がまたもや帽子を脱ぎ、顔に笑みを浮かべて会釈する。

「アンヘラ・ベリオサバルのご寵愛を受けた演奏家さ」

ペレイラは、妻と義母とドニャ・ロシータ・ガルバソとともに、警備を担当するガルバソの特別な取り計らいにより、タダで余興を楽しんでいたのだが、親友の言葉を聞いても、クシラットには彼が誰だかわからない。

グアルパ族はアタバルとベルと葦笛とギタロンのリズムに、黒人はボンゴとトゥンバのリズムに、それぞれ合わせて踊っている。めいめいバラバラで、調和は感じられない。皆酔っ払っており、喧嘩する者もいれば、疲労困憊して砂浜に倒れ込んで眠る者もいる。

砲兵隊楽団と就学児童は、軍の船で何回かに分けて燧石島へ送られる。ドン・カルリートスとドン・イグナシオ・レドンドは、自分たちがいないことに気づかれて後々取り返しのつかない事態になってはかなわないと考えて、最後の最後に不承不承姿を見せる。まだお祭り気分のココ・レガラードとカバージョ・ゴンサレスは、酔っ払って千鳥足のまま、「デブが溺れる様子」を見に来る。

群衆の騒ぎと軍楽隊の轟音を掻き分けるようにして、ついにベラウンサランが登場する。服を脱いで海に入り、有名なセリフを唱えると、何百人もの酔っ払いの先頭に立って苦もなく海峡を渡りきる。対岸へ到達し、アレパ国歌と花火による歓待とともに、祖国の女神から月桂樹の冠を受けると、拍手喝采とボンゴが響き渡るなか、クシラットは座席から立ち上がってその光景を見つめ、パコ・リドルエホのほうを振り向いて言う。

「あの男には選挙では勝てない。殺さなきゃだめだ」

彼が本気で言っているのだとわかるまで、パコは一分ほど黙っている。そして言う。

「そうさ、もちろんだ！　だが、どうやって殺すんだ？」

その日の夜、カジノで穏健党員は衝撃の事実を耳にし、猛烈に憤慨する者もいた。頼みの綱だったはずのペペ・クシラットが大統領選挙への立候補を拒否したのだ。

「しかし、頂いた電報では立候補を受けるということでしたよね」厳しい調子でボニージャが詰め寄る。

「《前向きに考える》とお伝えしただけです」クシラットが正す。「最終結論としては、お断りします。いろいろ考えてみたうえで、現状の把握に努めました。何よりもまず、選挙に勝ち目はないと思います。第二に、たとえ奇跡が起こって選挙に勝てたとしても、ドクトル・サルダーニャの死と憲法改正の事実が示すとおり、ベラウンサランに権力を引き渡す気がないことは明らかですから、力と人気を頼みに、二日後には革命を起こして権力の奪回にかかることは間違いありません。そんなことになれば窮地に追い込まれます。私も皆さんも」

反駁の余地はないように見えるこの見解、言い換えれば「初めから勝ち目のない戦いになぜ臨むのか?」という問いに対し、穏健党の強硬派も、一五年も平和闘争を議論してきたボニージャ、パレン、デ・ラ・カデナ氏ら穏健派も、土地収用法の亡霊に夜も眠れぬドン・イグナシオ・レドンドのような臆病派も、黙ってはいられない。だが、ドン・カルリートスやドン・バルトロメ・ゴンサレス、バリエントスら、残る者たちは、勝ち目がないのならせめて勝者にうまくすり寄るべきだと考えてクシラットに理解を示し、彼を擁護するばかりか、彼がカジノのバーでトム・コリンズを飲もうと席を立って議事室を後にしても、咎めようとさえしない。だが、ベラウンサランの言う無知蒙昧で強情な反動勢力が多数派を占めている以上、いっそのことベラウンサランを穏健党の大統領候補に指名しようという提案までは押し通すことができない。

「自分たちの首をみすみす敵の手に委ねることはできない」首のことよりも、自分の名を冠した商店チェーンの利益を案じながらレドンドが言う。

さんざん議論が続いた末、ベラウンサランに会談を申し込み、候補者選びにもう少し時間が必要なので選挙を延期するよう要請する、という妥協案に落ち着く。

12 内緒話と待合室

孔雀は頭を反らせて喉の逆立った羽毛を見せ、尻の穴を見せるように尾を持ち上げた後、扇を広げて声を上げる。二羽のツグミが飛び立ち、別の孔雀が答え、一羽のミヤマガラスが怪訝な目で斜めに見つめる。繋がれたコンゴウインコが嘴で体を支えて輪にしがみつく。

アンヘラとクシラットは庭の小道を歩きながら午後五時の涼をとっている。

「何かしたいのだけれど」アンヘラが言う。「どうすればいいかわからないの。誰かのアドバイスが必要だわ」

「到着した時には」クシラットが言う。「選挙に勝てるかもしれないと思っていましたし、ベラウサランにも一縷の望みを抱いていました。一昨日面会して、燧石島の式典を見た後で、希望は完全に消えました。選挙に勝つ見込みはありませんし、あの男は国を滅茶滅茶にすることでしょう。奴を始末せねばなりません。どんな手を使ってでも」

アンヘラはぎくりとして立ち止まり、アデリアの灌木を見ながら問いかける。

「どんな手でも？」

背中を向けたまま花のなかに鼻を突っ込むアンヘラの様子を黙って見つめながら、クシラットはしばらく間を置く。夫人の尻を眺め、きれいにアイロンのかかったズボンに両手を突っ込んで答える。

「殺すのです」

またぎくりとして心臓が高鳴ったものの、花の匂いを嗅いだまま、振り向くこともなくアンヘラは問いを発する。

「誰が？」

クシラットは緊張した面持ちで少し間を置いてから答える。

「アンヘラ、一つ告白させてください」

アンヘラは踵を返して彼を正面から見つめる。

「我々の友情にかけて」クシラットは続ける。「たとえ狂気の沙汰だと思われても、誰にも言わないと誓ってください」

場違いなほど官能的な深い声でアンヘラは応じる。

「もちろん！」

「連れてきた馬も、ゴルフクラブも、猟銃も、一二個のトランクも、単なる隠れ蓑でしかありません。実は、すべてうまくいけば、今夜にでも私はアレパを発つつもりです」

アンヘラは、半分は本気、半分は誇張して体を震わせる。優雅な仕草で指の先に情熱を込めて思わせぶりにクシラットのジャケットの袖を掴み、消え入りそうな声で言う。

「そんなにすぐに？」

クシラットは素早い動きでアンヘラの手を捉え、ジャケットのウーステッドに押しつける。

「その時には私の任務は終わっているはずです」

アンヘラは、意味がわからぬまま、あるいは、わからないふりをして相手を見つめる。クシラットはアンヘラの手を放し、四五度回転して蜜蜂の飛行に視線を注ぐ。アンヘラの手が彼の腕をとり、軽く締めつけながら、巧みに自分の胸へ持っていく。

「詳しく話して」すがるような調子になる。

クシラットは、自分の気高い意志を誇るように大真面目な顔で仰々しく語り始める。

「ひと月前、新聞でドクトル・サルダーニャ暗殺のニュースを読み、その後穏健党から提案を受けて、私は祖国に対する義務を果たさねばならないと思い至りました。つまり、暴君から国民を解放することです。どんな手を使ってでも。そのためにやって来たのです。覚悟はできています」

「なんと勇敢なお方！」アンヘラは言う。

クシラットは視線を落として相手の意見を受け入れ、アンヘラの言葉を待ち構える。

「危険ではないの？」

「危険はつきものです。今夜面会することになっています。執務室で撃ち殺して、宮殿から脱出を試みます。すでに車は手配しました。執事が車に待機して、ベントサまで私を送り届ける手筈です。飛行機の整備は終わっていますから、二人でそのまま出国します」

アンヘラは賞賛の眼差しで彼を見つめる。

「私にお手伝いできることは？」

「今のところ何もありません。何か支障が出た時にはご連絡します」

「できるだけお力になるわ」

二人はゆっくりと小径に沿って進み、相手への賞賛と共犯関係に浸る。

アンヘラがいきなり立ち止まり、クシラットの腕を放して身を屈めたかと思えば、蛹から出たばかりで飛び立つこともできぬままぎこちなく歩いていた蝶を拾い上げる。そして顔の前まで持ち上げて話し掛ける。

「道からどきなさい、踏まれてしまうわよ」

アカンサスの葉に蝶を乗せる彼女を見て、クシラットは感動を覚える。そして二人は再び歩き始める。

蝶は葉の上を少し進んだところでよろめき、小径に落ちる。

カテドラルの時計が夜の九時を告げる。ガラトゥーサの運転するクシラットのシトロエンが人気のないプラサ・マヨールに入り、敷石の上をゆっくり進んだ後、宮殿の正面入り口前で停止する。ヘッドライトが消え、ガラトゥーサが車を降りて入り口のノッカーを鳴らす。その間、クシラットは最後にもう一度だけ銃を確認し、腋に隠したケースに戻す。

「クシラット氏が大統領閣下との面会をお求めです」扉を開けた門番にガラトゥーサが言う。

門番が門番頭に用件を伝え、門番頭が門番長に、門番長が第二守衛にこれを伝えると、第二守衛が門に現れてガラトゥーサに伝える。

「お入りください」

ガラトゥーサが車へ戻ってドアを開け、クシラットが車を降りて宮殿へ入る。第二守衛に導かれて、玄関と中庭を抜けた後、鏡張りの廊下を辿ってヴェネツィア風の階段に至り、そこから二階へ出たところで右へ進むと、天井が高い割に照明の悪い控えの間に行き当たる。細長い部屋の壁には、権力を手にすることなく栄光から墓へと転落した独立戦争の英雄たちを描いた油絵の肖像画が飾られており、三方の壁際を埋め尽くすようにして、見るからに眠気を催しそうな空っぽの椅子がびっしりと並んでいる。残る壁に背を向けて、第一守衛が書き物机の後ろに座っている。

「どうぞお掛けください」第二守衛がクシラットに言う。

苛立ちを覚えながらクシラットは腰を下ろす。第二守衛は部屋を横切り、第一守衛のそばへ寄って耳打ちする。第一守衛は様々な仕草を交えて話すが、どんな意味を込めているのか定かではない。ようやく彼は、部屋の反対側にいるクシラットに言葉を掛ける。

「ご用件は?」

クシラットは立ち上がって部屋を横切る。

「私はクシラットです」机の前まで来たところで彼は言う。

何の反応もない。第一守衛は何もわからぬまま相手を見つめ、第二守衛の目には非難の色が浮かぶ。

「私に何をしろとおっしゃるのです?」

苛立ちを露わにクシラットは名刺を取り出して渡す。

「大統領閣下が私をお待ちです」

第一守衛が名刺を調べ、第二守衛は引き下がる。第一守衛がメモ用紙を差し出してクシラットに言う。

「お名前とご用件をここにお書きください」

「名前は名刺のとおりです。要件は大統領閣下が一番よくご存知です。名刺をそのままお渡しください」

「申し訳ありませんが、大統領と面会する方全員に必要事項を記入していただく決まりになっています」

「一昨日大統領と面会しましたが、何も記入する必要はありませんでした」

守衛は表情一つ変えない。

「それは予めそのように指示が出ていたからでしょう。今日は何も聞いておりません」そしてペンを差し出す。「ご協力願います……」

怒り心頭で真っ青になったクシラットは《クシラット》、《空軍》と殴り書きする。メモ用紙を引きちぎって渡すと、守衛は立ち上がって言う。

「お掛けください。用件をお伝えしてきます」

そして部屋を出ていく。クシラットは憤懣やるかたなく、立ったまましばらく部屋を歩き回っているが、やがてますます腹が立って自分が滑稽に思われ、仕方なく腰を下ろす。

葉巻の煙と臭いに交じって笑い声とドミノ牌の音が響くなか、ベラウンサランはクシラットの書いたメモを読む。敬意とへつらいで固まった守衛は、脇で頭を下げたまま、大統領の口から出てくる言葉を待ち構えている。カルドナ、ボルンダ海軍司令官、チューチョ・サルダナパロ厚生大臣の三名が、中国の女帝がハイチのクリストバル王に贈ったはずが間違ってアレパに着いたという逸品の肘掛け椅子に座り、談笑に花を咲かせている。

「承知したので」ベラウンサランが言う。「待っているよう伝えておけ」

守衛は恭しく引き下がる。笑い声が収まり、サルダナパロがベラウンサランに言う。

「チーズパンを欲しがらなかった美女のジョークを聞いたか？」

腰巾着たちが答えを待って黙るのを尻目に、ベラウンサランは葉巻をふかす。

「いや、もっと面白いジョークを聞いた。中将になるか、大統領になるか、決めかねた洟垂れ小僧の話だ」

「話してくれよ！」ボルンダが身を乗り出す。ベラウンサランの口から冗談を聞いておけば、《これはマヌエルに聞いた話だ》と言って後で何度も吹聴できる。

「秘密だ」ベラウンサランは言い、また葉巻をふかす。

他の三人は、何かヘマでもしでかしたかと訝りながら、黙って大統領を見つめる。

一〇時、一一時の鐘が鳴っても、クシラットは、相変わらず控えの間の椅子に座ったまま、うとうと居眠りする守衛を見つめている。一〇時、一一時、ガラトゥーサは車内に座ったまま悶々としている。一一時半、あたふたと帰路につく人々の物音が廊下から届き、ボスの言葉を聞いてわざとらしく笑いながら階段を降りる男たちの声、ドアが開閉する音、裏庭から発車する車のエンジン音が聞こえてくる。

クシラットは、苛立ちを通り越して、やり場のない憤りを必死にこらえている。無関心に去っていく男たちの様子を耳にしても、まだ黙っている。守衛は目を覚まして一瞬ぎくりとするが、すぐに落ち着きを取り戻し、欠伸をして立ち上がった後、背伸びをしながら部屋を出たかと思えば、すぐに間抜け面で戻って来て伝言を告げる。

「大統領閣下は急用で出られました。明日の正午にまたお越しくださいとのことです」

クシラットは立ち上がり、吸っていた煙草を痰壺に投げ捨てると、守衛を一瞥して帽子を手に部屋から立ち去る。

13 宮殿爆破の日

クシラットは家に着くと真っ先にアンヘラに電話する。交換手に話を聞かれることを恐れて、手短に会話を済ませる。

「失敗です」彼は言う。

「よかったわ」彼女は答える。

クシラットは受話器を置く。

朝方まで眠ろうともしない。ガラトゥーサに手伝ってもらって爆弾を作る。ゴルフバッグから火薬、薬箱から雷管、帽子箱からマグネシウム、そして写真機の内部から起爆装置、目覚まし時計から別の起爆装置を取り出す。

ダイニングテーブルに着いて、ガラトゥーサから渡される部品を受け取りながら、外科医のように慎重な手つきで魔法瓶の内側に爆弾を組み立てていく。

単純な爆弾であり、状況に応じて二つの仕方で爆発させることができる。一方は時計仕掛け、もう一方は圧力仕掛け。前者は目覚まし時計であり、設定した時間になるとハンマーが雷管を打ちつけて壊す。雷管の中身が周りのマグネシウムと反応して小さな爆発を起こし、これが魔法瓶の底に敷かれたダイナマイトに火を点ける。後者の場合、起爆装置は螺旋型のばねであり、先端に針が付いている。上部を押すとばねが縮んで針が雷管を壊し、同じことが起こる。

午前四時、組み立てとテストが終わると、クシラットは二つの起爆装置とともに爆弾をブリーフケースにしまう。欠伸交じりにブリーフケースを閉め、ガラトゥーサが下がるのを見届けたうえで寝室へ引き上げると、ベッドに置かれた飾りボタンだらけの絹のパジャマに手を伸ばす。

支払いの遅れている年金を取り立てにやってきたエピグメニオ・パントハ大佐の未亡人、プロテスタントの牧師、スペイン産オリーブの商人、そしてのろまな債権者が、クシラットとともに待合室で大統領との謁見を待っている。

物腰は上品でも、腋にピストル、ブリーフケースに爆弾を持ち歩くクシラットは緊張しており、次から次へとイングリッシュ・オーヴァルを吸っている。守衛が恭しく行き来し、期待だけ持たせるが、誰も中へは通されない。

「もうすぐ大統領閣下は、最初に着いたご婦人と面会されます」

一時半。

この時間に、いかめしい黒装束に身を包んだ三人の穏健党員、ボニージャ、パレトン、デ・ラ・カデナ氏が、根拠のない期待に胸を膨らませてハゲタカのように待合室に入ってくる。三人はクシラットの姿を見てぎくりとするが、すぐに落ち着きを取り戻す。正面を見据えたまま、腐臭のなかを進むように鼻を持ち上げて部屋を横切り、守衛に話しかける。

「穏健党の者です。大統領との面会をお願いします」

守衛は飛び上がり、赤い顔に汗をにじませて微笑みながら言う。

「どうぞ中へ」

そして四人で専用執務室に向かって歩き出し、《私が先じゃないの?》と訴える婦人にも、悪態をつく債権者にも、顔を赤らめる牧師にも、辛抱強いオリーブ商人にも、ブリーフケースを手にしたまま立ち上がって後からついてくるクシラットにも、まったく目もくれない。

廊下を伝って歩いた後、執務室のドアまで来ると、デ・ラ・カデナ氏がボニージャに言う。

「お先にどうぞ」

「とんでもない」ボニージャが答える。「まずは喋りのうまいパレトン君が行くべきでしょう」

パレトンが飛び上がる。

「何をおっしゃいますか。あなたこそクリュソストモスではありませんか！　私など足元にも及びません」

「賛成多数」議会を真似てデ・ラ・カデナ氏が言う。「どうぞお先に」

ボニージャはやむなく先に立ち、胸を張って言う。

「わかりました、そうしましょう」

彼は苦々しい表情になり、口を小さく見せようとでもするように分厚い唇を引き締めて、戦場へ赴く兵士よろしく、いつになく陰鬱な姿でベラウンサランの執務室へ入っていく。

机の後ろから立ち上がる気配を見せないベラウンサランは、挨拶の前に守衛に指示を出し、三人が座る椅子をどこに置けばいいか伝える。

一瞬ためらった後、デ・ラ・カデナ氏とパレトンはどちらが先に入るか決め、入ったところでドアを閉める。

人気のない廊下を散歩するような格好になったクシラットは、片手をポケットに入れたまま、もう一方の手に帽子とブリーフケースを持って専用執務室のドアの前を通り、漏れ聞こえてくる曖昧な声に耳を傾ける。次のドアの前で立ち止まり、ノブに手をかけながらそっと左右を見回す。誰もいない。手を動かすとノブが回り、ドアが開く。少し開けて中に誰もいないことを確認し、外にも誰もいないことを確かめたうえで、一歩踏み出して緑の間に入る。

ゴブラン織と帝国風の家具を調べ、爆弾を隠すのに適した場所を探す。大理石を張ったコンソールテーブルが目に留まる。ブリーフケースを置き、中から魔法瓶と時計の起爆装置を取り出す。チョッキのポケットに入れていた時計で時間を確かめる。一時半。目覚まし時計を午後二時にセットし、ねじを巻いて、起爆装置を装着しようとしたところで、部屋の奥にもう一つドアがあることに気づく。魔法瓶と時計をコンソールテーブルの上に置き、近寄って耳を近づけるが、何も聞こえず、ドアを開けてみると、嬉しい驚きが待っている。大理石と白タイルと大統領専用タオルに囲まれて、ベラウンサラン元帥愛用の英国風トイレがそこにある。

喜びも束の間、早速作業にかからねばならない。ひとっ飛びでコンソールテーブルに戻ると、魔法瓶を取り上げ、時計の起爆装置を外して圧力式の起爆装置と取り換える。時計をブリーフケースにしまった後、トイレに入って便器の蓋を閉め、その上に立ってタンクを探り、鎖と繋がったレバーのすぐ下に魔法瓶をセットして便器から下り、部屋へ戻ってドアを閉める。緑の間で帽子とブリーフケースを取り上げ、廊下へ続くドアを少し開けて外に誰もいないことを確かめると、思わず安堵の溜め息が漏れる。

待合室へ戻り、守衛に伝える。

「ここにいらしたのですか。大統領に、これ以上お待ちするわけにはいかないので、必要ならばご連絡ください、とお伝え願います」自信に満ちた調子を取り戻していた。

元帥に対してこれほど不遜な態度で臨む男に驚いて守衛は何も答えられず、クシラットが帽子を被って出ていく様子を呆然と見つめている。

「男の鑑ね」オリーブ商人を見つめながら大佐未亡人は言う。

クシラットは、シャコーを被って見張りにつくグアルパ人二人の間を抜けて宮殿を出ていく。通りへ出て自由になると、深呼吸してプラサ・マヨールを横切り、カテドラルのアトリウムに集まった鳩を見ながらカフェ・デル・バポールに入って、籐椅子に腰掛けたところで、近づいてきたウェイターに声を掛ける。

「マドリード風コーヒーを一つ」

ウェイターが去ると、クシラットは物憂げにイングリッシュ・オーヴァルをふかしながら大統領宮殿の石垣を見つめ、コーヒーと、爆発の轟音とともに壁に亀裂が入る瞬間を待ち受ける。

退屈と不機嫌を露わにしたベラウンサランは、恐ろしい調子できっぱりと答える。

「問題外だ」

ボニージャ氏は、藁にもすがるような思いで穏健党の同志二人の顔を見つめるが、一縷の望みも見出すことはできない。すっかり落胆した彼は、最後の力を振り絞って無意味な反論を試みる。

「我々穏健党としては、選挙の延期が双方の利益に適うという観点から、アレパ共和国憲法第一〇八条に基づき、あえてご提案させていただいた次第です」

「この場合は違います」ベラウンサランは言う。「一〇八条は双方の合意を前提としていますが、進歩党は、候補者を変えたとはいえ、この件に関して何の要請もしていませんから、これ以上選挙戦を引き延ばすのは無意味です。大統領候補であり、現職大統領でもある私が言っているのですから、間違いはありません」

「書面で要請を提出したほうがよろしいですか?」体裁を取り繕うようにボニージャが訊ねる。

「時間の無駄です」ベラウンサランは答える。

ボニージャは立ち上がり、他の二人もそれに従う。

「それでは」ボニージャが締めくくる。「これ以上お話しすることはありませんね」

「それは私も同意見です」笑みを浮かべてベラウンサランは答える。

凍りついた空気のなかで穏健党員たちが辞去の言葉を告げると、ベラウンサランは立ち上がりもせずに彼らの手を握り、素っ気なく敬意を表して見せる。誰が最初に退出すべきか、またもや少しもめるが、ようやくボニージャ、パレトンの順に廊下へ出て、最後に退室したデ・ラ・カデナ氏がドアを閉める。

一人部屋に残ったベラウンサランは、荒い息をついて葉巻を痰壺に投げ捨てる。

料金受取人払郵便

綱島郵便局
承認
2960

差出有効期間
平成32年3月
31日まで
(切手不要)

郵便はがき

223-8790

神奈川県横浜市港北区新吉田東
1-77-17

水声社 行

御氏名(ふりがな)	性別 男・女	年齢 歳
御住所(郵便番号)		
御職業	(御専攻)	
御購読の新聞・雑誌等		
御買上書店名	書店	県 市 区 町

読　　者　　カ　　ー　　ド

この度は小社刊行書籍をお買い求めいただきありがとうございました。この読者カードは、小社刊行の関係書籍のご案内等の資料として活用させていただきますので、よろしくお願い致します。

お求めの本のタイトル

お求めの動機

1. 新聞・雑誌等の広告をみて（掲載紙誌名　　　　　　　　　　　　　）
2. 書評を読んで（掲載紙誌名　　　　　　　　　　　　　　　）
3. 書店で実物をみて　　　　　　4. 人にすすめられて
5. ダイレクトメールを読んで　　6. その他（　　　　　　　　　　）

本書についてのご感想（内容、造本等）、今後の小社刊行物についての
ご希望、編集部へのご意見、その他

小社の本はお近くの書店でご注文下さい。お近くに書店がない場合は、以下の要領で直接小社にお申し込み下さい。

◎

直接購入は前金制です。電話かFaxで在庫の有無と荷造送料をご確認の上、本の定価と送料の合計額を郵便振替で小社にお送り下さい。また、代金引換郵便でのご注文も、承っております（代引き手数料は小社負担）。

TEL：03（3818）6040　FAX：03（3818）2437

カフェ・デル・バポールでコーヒーを前に座っていたクシラットは、通りを渡って声をかけてきたドクトル・マラゴンを見て、やるせない思いに駆られる。

「やあ、スポーツマン！」

そして脇に腰掛ける。

ベラウンサランは、腹に視界を遮られることのないよう、体を前に屈めたうえで、顎の先をぶよぶよの喉に圧しつけ、ぶよぶよの喉を胸に圧しつけて、注意深く小便する。視線はじっとペニスの先に注がれている。すべて出し終えたところでズボンの前を閉め、鎖を引っ張ると、少し抵抗がある。水の落ちる音が聞こえず、代わりに、軋み、ガラスの割れる音、泡立つ音が聞こえて不思議に思う。視線を上げてタンクを見つめる。その時、まるで天啓のように爆発が目に入る。パン！　閃光。タンクが真っ二つに割れ、水が上から降り注ぐ。人生の一部を戦場で過ごした軍人らしく、ベラウンサランは咄嗟の反応で跳び上がり、パニックに囚われて執務室へ逃れた後、机の下へ飛び込む。しばらくして、危険が去ったとみるや、落ち着きを取り戻して怒りを爆発させる。

「緊急事態！」机の下から這い出しながら大声を上げる。

爆発の現場に戻ると、タンクの破片、鏡に当たって跳ね返る水しぶき、ずぶ濡れの床が目に入る。

便器の脇に据えられたブザーを鳴らす。

白衣の間でけたたましくベルが鳴り、ボード上の《大統領専用トイレ》のランプが点灯する。

料理人のような服を着た怠け者の黒人セバスティアンがびっくりして目を覚まし、ひとっ飛びでトイレットペーパーを掴むと、ご主人様の要請に応じるべく馳せ参じる。

執務室に戻ったベラウンサランはすっかり冷静になり、状況を完全に把握する。送話機を取り上げて息を吹きかけ、命令を下す。

「全員戦闘配置につけ！　宮殿に爆弾が仕掛けられた！　すべての扉を閉めろ！　さっき退室したばかりの三人を捕えろ！　抵抗したら発砲しろ！」

送話機を戻す。息を切らして入ってきたセバスティアンがトイレットペーパーを差し出す。ベラウンサランは怒りの声で再び怒鳴り散らす。

「裏切りだ！　配管工を呼べ！」

シャコーを被ったグアルパ人たちが宮殿の扉を閉める。ラッパが戦闘開始を告げる。警備隊が武器を構える。一度も使われたことのないホッチキス機関銃のカバーが外される。

厳粛な面持ちの穏健党員三名は、怒号や兵士の往来、ラッパの音に首を傾げながらも、事態がよく飲み込めず、どんな命運が待ち構えているかも知らぬまま、中庭を横切って玄関ホールへ入るが、そこに直立不動の姿勢で一部隊が控えている。近づいてくる三人を見ると、警備隊の士官が軍曹に声をかける。

「軍曹、三人を拘束せよ！」

士官は送話機へ駆け寄り、執務室と連絡を取る間に、軍曹が大声で言う。

「右側面！　武器を肩にかけよ！　急ぎ足！　左前方へ進め！　整列！　前の者と距離を保て！　止まれ！」

三人の穏健党員は、二列に並んだ兵士に挟まれる。

「これはいったい何の真似だ？」ボニージャが問いを発する。


カフェ・デル・バポールの常連たちは、閉ざされた宮殿の扉を見つめ、怒号の命令と戦闘態勢に入る兵士たちの物々しい騒音に耳を傾ける。

「中で何が起こっているんだろうね？」隣のテーブルにいるドン・グスタボ・アンスーレスがマラゴンに声をかける。

マラゴンは角砂糖を一瞬だけコーヒーに沈めた後に取り出して口に入れ、もったいぶって答える。

「何が起こっているかって？　そりゃ、ラロンドが蜂起して、権力者を追放するんですよ！　私は前から知ってました」

ドン・グスタボは眉を吊り上げ、あちこちテーブルを回って噂を広める。

「デブがねぐらで拘束されて、銃殺刑に処されるようです！」

「計画はすべてアメリカ大使館で練られたんですよ」マラゴンの説明を聞きながら、クシラットは注意深く皿の上で煙草の火を消す。

『エル・ムンド』の記者デュシャンがコーヒーを置いて友人のそばを離れ、メモ帳を手に、震える脚で宮殿へ向かう。


おそるおそる卑屈な態度でヴェネツィア風階段の最上段に集まった部下たちを前に、ベラウンサランは落ち着き払って緊急事態に対応する。

「門をかけろ。宮殿の扉すべてを内側から閉めるんだ。鍵は私とお前で管理する」そう言われて官房長官は、恭しく反省を見せながら応じる。ベラウンサランは大統領警備隊長ラロンド大佐に向かって続ける。「以後宮殿に入る者は、全員警備室へ連行して、頭のてっぺんから爪先まで調べ上げろ」

「わかりました、大統領閣下」命令を受けたラロンドが仰々しく軍隊風に姿勢を正しながら答える。

その時、階段を上って穏健党員三人が現れる。手荒い取り調べで貴重品をすべて取り上げられた末に、顔面蒼白で、髪も服装も乱れ切った姿を晒している。屈強の警備隊がそばについている。

「犯人たちです、セニョール」士官は言う。

それまでと変わらぬ冷静沈着な話しぶりでベラウンサランが指示を出す。

「ガルバソに尋問させて、共犯者を割り出させよう。その後銃殺しろ」

「全体、回れ右……　右方向へ進め！」士官が大声で言う。

巨大な青虫のように階段を下りていく警備隊の汗まみれの項の間から、恐怖に震えるボニージャの顔が見え、彼の声が聞こえてくる。

「どうかご慈悲を！　我々は無実です！」


カフェ・デル・バポールでは、マラゴンとクシラットのテーブルを囲んで輪ができている。

「陰謀には砲兵隊が関わっている」水を得た魚のようにマラゴンは憶測を進める。「今朝、第一連隊の奴らが出動して、砲門を工兵部隊の兵営に向けているところを見た」

「戒厳令が敷かれて、夜遊びもできなくなるな」到着したばかりのココ・レガラードが口を挟む。

カフェ・デル・バポールに集う暇人たちは、皆一様に、白のジャケットにストライプのシャツ、セルロイドのカラーに英国製のネクタイ、舶来品の帽子にカフスボタン、そして腹の周りに金の鎖という出で立ちで、葉巻をふかしながら歯を見せてココ・レガラードの冗談を笑い、それぞれに、本当にデブがねぐらで捕まって始末されればどんな利益があるだろうかと考えている。

その時、宮殿の扉の前に霊柩車が停まる。物乞いと揚げ物の売り子たちを掻き分けるようにして間抜け面の警備部隊が現れ、三人の穏健党員を周りから突き飛ばすようにして車に乗せる。

品位ある紳士たちは自分で広場を横切ろうとはせず、ウェイターの一人を送って様子を探らせる。喋りたくて仕方のない様子でデュシャンがカフェに戻ってくる。

「誰かが宮殿に爆弾を仕掛けたんです。大事には至りませんでした。デブはあちこち駆け回って大声で指示を出しています。犯人はすでに捕まり、警察署で尋問を受けるようです」

それだけ言い終わると彼は『エル・ムンド』の編集部へ駆け出し、号外記事に取り掛かろうとする。

「くそったれ！　もっとましな陰謀はないのか？」不機嫌にアンスーレスが言う。

「で、どうだい、ペペ、祖国にいる気分は？」ココ・レガラードがペペ・クシラットに問いを向ける。

「活気があるだろう？」

クシラットは答えようと口を開くが、何も言葉が出てこない。カテドラルの時計が二時を知らせ、最後の鐘が鳴りやむや否や、反響のように目覚まし時計が鳴り始め、クシラットの脇の椅子に放置されていたブリーフケースから、息の詰まりそうなけたたましい音が響き渡る。

混乱、驚愕。帽子の下で髪が逆立つ。機械的にクシラットの手がブリーフケースのほうへ伸びるが、途中で止まり、こっそりズボンの上に降りる。

ドン・グスタボ・アンスーレスがブリーフケースを取り上げて広げる。負けず嫌いのマラゴンも遅れまいとして中へ手を突っ込み、時計を取り出す。人の輪のほうへ向き直って、したり顔で言う。

「目覚まし時計だ！」

「誰のブリーフケースだい?」アンスーレスが訊く。

驚愕から覚めたココ・レガラードがその日最高の冗談を飛ばそうと意気込む。

「注目、間抜けどもを処刑する時刻だ!」

誰も笑わない。

「誰のブリーフケースなんだ?」アンスーレスが繰り返す。

誰も答えず、元のテーブルに戻る紳士もいれば、コーヒーを注文する者もいる。クシラットは煙草入れを取り出し、一本だけ残ったイングリッシュ・オーヴァルを強張った唇の間に挟んで、震える手で火を点ける。

帰結 14

「何か手を打たないと！」まだ『エル・ムンド』を握りしめたままアンヘラが言う。

新聞を持ってきたバリエントスと、アンスーレス、マラゴンは、音楽室で陰鬱に立ち尽くしたまま彼女を見つめている。

「我々もそう思ってやって来たのです、アンヘラ」バリエントスは言う。「カルロスの口添えが必要です。ベラウンサランと個人的に親交があるのですから」

アンヘラは立ち上がって言う。

「無駄でしょう。カルロスは自分がベラウンサランの友人だと思い込んでいますが、実は二回ドミノをしたことがあるだけです」

そしてレディ・フィップスと話をしようと、電話の置かれた玄関ホールへ向かう。

「イギリス大使館なら何かしてくれるでしょう、間違いありません」立ち去る前にそれだけ言い残す。

マラゴンは髪をかきむしり、チェックのジャケットの肩にふけが落ちる。

「そんな時にカフェのテーブルに着いて冗談を飛ばしていたとは！　我が友パレトンがそんな苦境に立たされていたなんて、想像もできなかった！」

彼は部屋を行き来し、その間バリエントスは、棚からコニャックを取り出して一杯注ぐ。アンスーレスは窓辺へ行き、黄昏に歩き回る孔雀を見つめる。

「実際のところ、ヘマをした当然の報いだな。爆弾がまともに機能していれば、今頃デブのお通夜で、我々は祝杯をあげているところだ」

ホールで受話器を置いた瞬間にクシラットが入ってくる。

「ペペ」アンヘラが声をかける。「本当のことを言って。あなたなの？」

クシラットは空とぼける。

「何のこと？」

「宮殿に爆弾を仕掛けたのは」

堂々たる面持ちでクシラットは答える。

「アンヘラ、私が犯人ならとっくに自首していますよ」

アンヘラは弁解する。

「ええ、そうよね、あなたが爆弾を仕掛けた犯人なら、他の人を窮地に追い込んで黙っていられるはずはないわ」

「私が犯人なら」かすかに皮肉を込めてクシラットは言い添える。「銃殺者は四名になってしまいます」

二人は揃って部屋に入る。

「ロード・フィリップスが宮殿で説得にかかっています」アンヘラが告げる。

足を引きずるバリエントスがソファーに腰を下ろし、手の中でコニャックを温めながら、独り言のような調子で不審の色も露わに言う。

「解せないのは、一五年も市民道徳を説いておきながら、あの三人がなぜこんな暴挙に及んだのか、そこだな」

「ドジすぎる!」アンスーレスが窓に背を向けて言い切る。

アンヘラがそれを咎める。

「グスタボ、そんな話し方はやめてちょうだい! 命がかかっているというのに!」

「何かできることはありますかね?」クシラットが訊ねる。

「委員会を立ち上げて」冷めた調子でバリエントスが言う。「署名を集め、慈悲を請う…… だが、それでは時間がかかりすぎて間に合わない。これは間違いなく略式裁判で済まされるケースだろう。誰かあのケダモノに影響力を持つ人物に、個人的に掛け合ってもらうほかあるまい」

「あなたが行ってはいかがです？」クシラットが問いかける。

「私はアレパ銀行の頭取でしかない。いわば宿敵です。あなたこそ適任では？」今度はバリエントスがクシラットに問いを向ける。

「一昨日は面会すらできませんでした。待合室で待ちぼうけです」

「頼みの綱はカルロスだろう」バリエントスは言う。

「ダメだ、カルロスなんか！」歩みを止めてマラゴンが言う。「もう一発爆弾を仕掛けるしかあるまい」

「何のために？」アンスーレスが訊く。

「不賛成の意思を示すためだ」マラゴンが言う。

「誰が仕掛けるんだ？」バリエントスが言う。

「有り余る愛国心を込めて私がしたいところだが」ここまで言ってマラゴンは口調を変える。「私は政治亡命者にすぎない」

「ちょっと待て」アンスーレスが言う。「爆弾を仕掛ける勇気があるのならば、その帰結を正面から受け止める勇気もあるはずだ。我々が口を挟むのは、人道的観点からであって、義務からではない」

「グスタボ」アンヘラが言う。「三人がしたことは、我々みんながやりたくてもできなかったことなのよ」

沈黙が流れる。召使が入ってくる。

「セニョーラ、レディ・フィップスからお電話です」

アンヘラが顔に期待を浮かべて素早く部屋を出ていく。

バリエントスが難儀そうに立ち上がってまたグラスにコニャックを注ぎ、マラゴンがその様子を目で追い、アンスーレスが再び窓の外を眺め、クシラットが腰を下ろし、アンヘラが落胆した顔で入ってくる。彼女に視線が集まる。

「三人とも自供したそうよ。イギリス大使館の力も及ばず、もう希望はないわ」

全員打ちのめされる。

「カルロスを待つしかないな」バリエントスが言う。

彼らはカードゲームをしながらカルロスを待つ。クシラットが三連勝する。

帰宅したカルロスは憔悴しきっている。部屋の真ん中に立ち尽くし、目に涙を浮かべながら両手を広げて言う。

「有罪が宣告された！　銃殺される！」

悲痛な眼差しが彼に集まる。

「君が出ていかなければいけない」バリエントスが言う。

途方に暮れたドン・カルリートスは答える。

「できることはやった。だが、無駄だった。面会さえ許されなかったんだ、アンヘラ、その意味がわかるかい？　議会から穏健党員がいなくなれば、土地収用法が通ってしまう……　クンバンチャも取られてしまう……　破滅だ」

それだけ言うと、ドン・カルリートスは涙をこらえ、足取りこそ覚束ないものの、自分が銃殺刑を言い渡されたように毅然と頭を持ち上げて部屋から出て行く。

一瞬の沈黙が流れた後、アンヘラが叫び声を上げる。

「なんて恥さらし！　三人の命がかかっているというのに、クンバンチャ農園のことを案じているなんて！」

せわしなく衣擦れの音をさせながら、息を切らしてアンヘラが二階のホールに入る。夫の寝室まで進んでドアをノックし、中を覗くと、ベッドに座った夫が、片足だけ裸足で一方の靴下を手に持ち、脱いだ靴の底をじっと見つめている。

アンヘラの気持ちが和らぐ。部屋に入ってベッドへ歩み寄る。カルロスは妻を見つめ、慰めを期待する。妻が近寄ってくると、カルロスは顔を妻の腹にうずめて泣き出し、アンヘラは一瞬ためらったものの、やがて軽くその頭を撫でてやる。

ペレイラの愛猫ガスパールが眠そうな顔でダイニングテーブルの上に丸まり、画用紙に鉛筆でその姿をスケッチする飼い主のためにポーズをとっている。

リビングでは、ペチコート姿のロシータ・ガルバソが鏡に映る自分の姿を見つめている。エスペランサは、親しい顧客の豊満な肉体を包むことになる花柄のドレスの仕上げにかかる。揺り椅子に座ったドニャ・ソレダッドは、生まれたばかりのカナリアを手の平で包んで膝の上に乗せ、汚らしい色の汁に浸した楊枝を嘴から差し込んで餌をやっている。そして、もっともらしく言う。

「私の頃はすべてが違ったわ」今度はカナリアに向かって話し出す。「食べなさい、おバカさん、ママがいないんだから。午後の六時に、大の男がダイニングに座って猫のスケッチなんて、時代は変わったわね。昔の男は、酔いつぶれはしても、ちゃんと食い扶持は稼いできたものよ」

肉付きのいい自分の体をじっと見つめながらロシータは言う。

「日に日に太っていくわ！　ガルバソはそのほうが好みだからいいけど」

口に何本も針をくわえたままエスペランサが立ち上がり、大きなドレスを広げて、もごもごと言う。

「まだしつけ縫いしてあるだけです」

「素敵！　いい趣味だわ！　上品ね！」そう言いながらドニャ・ソレダッドは、うっかりカナリアの目を突いてしまう。

尻がうまく収まらず、ロシータはエスペランサの助けを借りてドレスを着る。

食料品を両手に抱えて満足げなガルバソが満面の笑みで帰宅し、ふてぶてしい態度でリビングに入ってくる。媚びを売るように笑い声を上げながら女たちが叫ぶ。

「男子禁制です！」

「見ないで、スケベ男！」

「邪魔者は出て行きなさい！」

泣く子も黙る警察署の鬼ガルバソが、肌着姿の妻など一度も見たことがないとでもいうように紳士気取りでおとなしく目を閉じると、エスペランサとロシータに回れ右をさせられて、ドアのほうへ背中を押される。

「男に用はないわ、ダイニングへ引っ込んでいてちょうだい！」

揺り椅子にふんぞり返ったドニャ・ソレダッドは、カナリアを手にしたまま高笑いを上げ、間の抜けた恥じらいの場面を見て悦に入る。

ガルバソがドタバタとキッチンに踏み込んでガスパールを起こし、ペレイラの創作意欲を挫く。ガスパールがテーブルを下りてキッチンへ逃げ込み、ペレイラが白紙でスケッチを隠す一方で、ガルバソは抱えていた包みをテーブルに置きながら言う。

「辛い一日だったが、成果は大きいぞ！」

「何をなさったんです？」

「反対派を潰してやったよ！」

「反対派とは？」

「お前のボス、ドン・カシミロだよ」

　ペレイラはぎくりとする。

「ドン・カシミロ？　何があったんです？」

「大統領閣下を暗殺しようとしたんだ。他の二人と一緒に。幸い未遂に終わった。捕まって、俺の元へ連行されてきた。臆病者どもめ、なかなか口を割らないもんだから、ドン・カシミロに、そこへ四つん這いになってくださいと言って、タマへ食らわしてやったよ。効果てきめんさ！　三人とも白状して、明日には銃殺刑だ」

　ペレイラは顔面蒼白になる。

「ドン・カシミロが銃殺刑？　学校は閉鎖ですか！　私はどうなるんです？」

「お前にはギターがあるだろう」

「金にはなりません」

「いいか、我儘を言うんじゃない。これがどれほど国のためになるか考えてみろ。反対派の穏健党がこれで一掃されて、政界は洗い立てのシャツも同然、染み一つなくなる。これで平和に暮らせるってもんじゃないか」

穏健党が消滅してどんな利点があるのか、落ち着いて考えてみることもできぬまま、ペレイラは落胆の色も露わに手を髪へやる。ガルバソが慰めにかかる。

「心配はいらないさ、有力者の後ろ盾があるんだから、きっと助けてもらえるさ」

肩に腕を回されたペレイラは不安な表情で相手を見つめるが、友情のしるしには感謝する。ガルバソは、友の不安が和らいでいくのを見て腕を離し、テーブルに乗った包みを開けながら言う。

「それじゃ、何か食うとするか」

缶詰を一つ手に取り上げて見せ、暗い顔で見つめるペレイラに向かって言う。

「これが何か知ってるか？　フォアグラのパテだ。こんな美味いものは他にない。密輸の取り締まりでせしめたんだ。パンはあるか？」


翌日、早々に起き出したボニージャとパレトンとデ・ラ・カデナ氏は、警備隊の前で用を足した後、借り物のカミソリで髭を剃り、イナストリージャス神父に告解し、騎馬警察隊に見張られた警察署の通路を過ぎて中庭で立ち止まり、射撃練習用の壁を背に、警官隊の動きを見つめた。警官たちは膝をつき、薬莢を切って狙いを定めて発砲した。三名は夜明けとともに息を引き取った。

処刑に立ち会ったのは、プロイセン風のマントを着て汗だくになったヒメネス、眠そうなガルバソ、証人役の最高裁判所判事一名、大統領府代表として罪人たちの死を見届けるよう厳命されていたカルドナ、祝福を授けるイナストリージャス神父、そしてジャーナリストとカメラマン数名だった。とどめの射撃を任されたイバラ中尉は正体不明の人物であり、同じ日の夜に急性アルコール中毒で亡くなったため、この物語も含め、今後いかなる物語にも登場することはない。

15 新たな方向性

埋葬は簡素だったが、感動に溢れていた。ボニージャ、パレトン、デ・ラ・カデナ氏の三名は、《暴君からアレパを解放する》という正当な大義に命を捧げたのだ、参列者はそう口々に述べていたが、帰宅して人目がなくなるとすぐに愚痴を漏らし始め、ヘマをやらかしてベラウンサランの怒りを買い、議会の反対派を消滅させたばかりか、仲間を苦境に陥れた新たな殉教者たちを呪った。

その後一五日間、暗殺計画への関与を疑われる事態を恐れて、誰もカジノには近寄らなかった。ドン・カルリートスその他は病床に伏せ、いつ土地収用法が全会一致で可決されて施行されることかとびくびくしながら『エル・ムンド』に目を通した。バリエントスその他は、執務室にこもって外国への投資を検討した。ペペ・クシラットは猟銃を持って田舎へ引っ込み、元帥より仕留めやすいが穏健党員よりは仕留めにくい野兎を狙った。生き残った人々に失望したアンヘラは、死者たちに哀悼を捧げて一五日間を過ごし、パレトンの追悼に詩の夕べを主催したほか、クラウス学院への支援を募り、使用人たちに対しては、夫のコンソメが滞りなく準備されるよう目を光らせた。ペピータ・ヒメネスは、いつクシラットが結婚を申し込んでくれることかとあてもなく待ち続けていた。支援活動が実ったおかげで、ペレイラは職を失わずにすんだ。

一五日後に休戦期間が終わると、事態は思わぬ方向に進む。敵を完全に掌握したベラウンサランは新たな計画を練り始める。

使用人に直筆の招待状を託し、チャコタ農場での食事会にドン・カルリートスとバリエントスとドン・バルトロメ・ゴンサレスを招待する。

ドン・カルリートスはベッドから起き出してシャワーを浴び、バリエントスは執務室を出て、ドン・バルトロメ・ゴンサレスは招待を受けたものか決めかねて二人にコンクラーベを呼びかける。三人はバリエントスの執務室に集合する。

「我々も銃殺されるのだろうか？」ドン・カルリートスが訊ねる。

他の二名が彼を落ち着かせる。それなら招待状など出さずとも、軍を送ればそれですむ。

「行かねばならないでしょうね」ドン・バルトロメ・ゴンサレスが言う。「財産を守るためとあらば、魂を売ることも厭いはしない」

「それに」バリエントスが言う。「他に方法はない。私にデブの招待を断る勇気はない」

実際のところ、コンクラーベで決まったのは着ていく服装だけだった。

「私は白のスーツにパナマ帽で行く」ドン・カルリートスは言う。


ゴンサレス家のロールスロイスで三人揃ってチャコタへ着くと、野良仕事用の服とブーツを身に着けた元帥がモーロ風邸宅のポーチで彼らを出迎え、丁重に挨拶して鶏舎へ案内した後、屋敷へ戻って妻のグレゴリータを紹介する。片目がガラス玉で、うっすら口髭を生やした女であり、決して公の場に出ることはない。他方、二人の娘、ルフィーナとタディファは、ばか話を笑う時以外まったく口を開かないことで有名だった。

初対面の挨拶が終わると女性陣は引っ込み、男性陣は、庭園（余所者が近づかぬよう大統領警護隊が目を光らせている）を一望できるポーチで食前酒を味わううちに、次第にリラックスして打ち解け始め、四人だけであずまやへ赴いて子豚の丸焼きを堪能する。食後の団欒で、ベラウンサランが口火を切って手の内を見せる。

「おわかりでしょうが、穏健党員の死を一番悼んでいるのはこの私です」ベラウンサランは言う。

「我々もその次に悼んでおります」立場をわきまえて元帥に花をもたせながらバリエントスが言う。

皆意見は同じで、元帥はやむなくボニージャ、パレトン、デ・ラ・カデナ氏を銃殺刑に処したのであり、職務に則って国の治安維持と組織の保護に努めたにすぎなかった。

「三人を失った心の痛手もさることながら」ベラウンサランは言う。「国会に空白が生じています。穏健党はこれで議員を失ってしまった」

三名とも同意見で、これが重要な懸念事項の一つであることを認める。

「議会の均衡が崩れ」ベラウンサランは言う。「議論が過熱しすぎれば、特定の集団や社会階層の不利益となる法律まで可決してしまいかねません」

相手の意図がよくわからぬまま三人は頷く。

「こうした事態を避けるため」元帥は続ける（残り三人は息を飲む）。「手っ取り早い措置として、私自ら代役を三人指名するのがいいのではないかと思います……」

沈黙が流れ、ベラウンサランは続ける。

「もちろん、穏健党の支持と信頼を得るにふさわしい三名です」

賛同。

「どなたかすでにお考えなのですか、大統領？」慎重にバリエントスが訊ねる。

「ええ、セニョール・バリエントス」ベラウンサランは言う。「すでに考えました。ここにおられる三名です」

三人はほっと安堵の息を漏らし、互いに顔を見合わせて微笑みながら賛同の意を示す。

「賢明な選択だと思います」バリエントスが断言する。

賛同を得てベラウンサランは先を続け、計画を明かしていく。

「三名が議会に加わって均衡が戻ったところで、他の多くの事案とともに取り組んでいただきたいことが一つあります。出自や家柄を問わずアレパ市民全員の財産権を保護する法案の提出です」

三人ともぽかんと口を開ける。あまりの好条件に、慎重にならずにはいられない。ドン・バルトロメ・ゴンサレスが問題点を指摘する。

「しかし、賛成が我々三名だけでは、七名の反対で法案は否決されます」

ベラウンサランは楽しそうな顔で腹を割って話し出す。

「こんな提案をするからには、勝算があるのです、セニョール・ゴンサレス。これから財産権保護法と呼ばれることになるこの案件に、進歩党の議員が賛成するよう私自ら説得にあたります」

抑えきれぬ喜び。三人は互いに顔を見合わせ、土地収用法の即時撤回という事態を前に、歓喜のあまり呆然とする。

「協力していただけますか？」ベラウンサランが問いかける。

三人の《もちろんです、大統領》が聞こえてベラウンサランは続ける。

「わかりました。財産権保護法が承認された後に、一つお願いがあります。聞いていただけますか？」

「何なりと！」ドン・カルリートスが言う。

「我々にできることであれば」バリエントスが口を挟む。

「そして、誰の不利益にもならないことであれば」事の重大さを案じながらゴンサレスが言い添える。

ベラウンサランは三人を落ち着かせる。

「難しいことではありませんし、誰の不利益にもなりません」

そして仕上げにかかる。

「簡単なことです。終身大統領制創設の提案です」

沈黙。落胆。不信。躊躇。ベラウンサランは理由を説明する。

「この国には進歩が必要です。進歩には安定が欠かせません。皆さんが財産権を確保し、私が終身大統領になれば、揺るぎない安定が得られます。皆で協力し、満足し、前へ進もうではありませんか」

「私は大賛成です、大統領」ドン・カルリートスが言う。

「嬉しく思います、セニョール・ベリオサバル」ベラウンサランは言い、他の二人に向かって続ける。

「終身大統領制なしには、事態は容易に進みません。たとえば、議会での財産権保護法の審議にもたいした期待は持てないでしょう」

バリエントスとドン・バルトロメ・ゴンサレスは両手を握りしめ、ベラウンサランの提案を受け入れて、新たな協力関係に乾杯する。

「もう一つ」乾杯の後、口からコニャックを拭いながらベラウンサランは言う。「大統領候補不在の穏健党が、私を候補に指名すれば好都合です」

再び沈黙。ベラウンサランが説明を続ける。

「これで一石二鳥でしょう。穏健党も勝利の一翼を担うことができますし、可能性は極めて低いとはいえ、どこの馬の骨ともわからぬ男が終身大統領の地位を手にする危険も回避できます」

「私は大賛成です、大統領」ドン・カルリートスが同じ言葉を繰り返す。

「嬉しく思います、セニョール・ベリオサバル」ベラウンサランも同じ言葉を返す。「お二方は？」

残る二人に問いかける。

「我々は穏健党員ですが、大統領」バリエントスが弁明する。「党自体ではありません」

「お三方とも有力党員です」ベラウンサランは言う。「他のメンバーに私を紹介し、大統領候補に私を推薦したうえで、そこから得られる利益について他の党員に説き伏せることは可能でしょう。さらに言えば、これが最重要事項ですから、大統領候補に推薦していただけないとなれば、取引は一切お断りします」

ドン・カルリートスが立ち上がって言う。

「大統領閣下、私にお任せください。我が家でパーティーを開き、その場でカジノの会員たちにご紹介いたします。そこでじっくりお話しいただければ、彼らの意向や問題点がおわかりになることと思います。ここにいる同僚たちも、我々の説得に手を貸してくれることでしょう」

全員賛同し、新たな乾杯とともに会合は終わる。

帰路、バリエントスがドン・カルリートスに問いを向ける。

「奥さんはあのデブを殺人鬼と呼んでやまないのに、家に呼んで大丈夫なのか?」

同じことを考えていたドン・カルリートスは黙っている。そしてハンカチで額を拭う。

16 アンヘラの説得

「まず、イナストリージャス神父が紹介をして」私室でアンヘラがペピータ・ヒメネスに向かって話している。「その後あなたが朗読、そしてマラゴンがスピーチを読み上げる。すでに完成していて、内容も面白いわ。スピーチの後、幕間をおいて、第二部の冒頭は「民主主義へのオード」、これはカシミロの最も感動的な作品の一つで、生前に書いた最後の詩だから、よく練習しておかなきゃだめよ。最後は、コンチータがアカデミアの女子たちと準備している模型のお披露目。いい出来だといいけど。グスタボは来ない。参加はご免だときっぱり断ってきたわ。怯えているのね。残念だわ、せっかくいい声なのに……　どうしたの？」

やつれて悲しそうな顔のペピータは、ほとんど人の話を聞いていない。泣いている。同情してアンヘラはペピータの手を取る。

「ペペのことを思って泣いているの？」問いかける。

ペピータはもっと激しく泣く。涙が止まると、しゃっくりがそれに代わる。アンヘラは辛抱強く返事を待っている。

「アンヘラ、辛いのよ。いつも礼儀正しいけど、優しくはない。私の聞きたいことなんかぜんぜん言ってくれない。ほとんど私を見ることもないし、見ても、まるで何も覚えていないみたい……その……昔のことなんて」

アンヘラはルイ一六世風の椅子から立ち上がり、鏡台へ歩み寄ってチョコレートを一つ摘み上げて食べた後、ペピータにも箱を差し出しながら言う。

「残念だけどね、ペピータ、私たちに他人の心を操ることはできないわ。悲しいことだけど、こういうことも起こるし、起こったら黙って受け入れるしかないわ」

「でも私、もう三五なのよ、アンヘラ。青春時代を彼に捧げたのに」

「自分で望んだことでしょう。彼を責めることはできないわ」

「あんなに心のこもった手紙をもらっていたのに！」

「でも、最後に手紙をもらったのはいつなの？」

ペピータは目を落とし、チョコレートを一つ飲み込んでから答える。

「一二年前」

「ほらね。あなたには忘れられなくても、男の人に同じことを求めるのは不公平だわ」

ペピータは目を上げ、アンヘラの顔を見据える。

「もう希望はないと思う?」

アンヘラはためらうが、正直に言ったほうがいいと思う。

「私の見るかぎり、まったくないでしょうね」

心の底でわかっていた事実を突きつけられてペピータは言う。

「もうすっかり諦めていたわ。だから幸せだったの。でも、今こうして彼が戻って来ると……辛いわ、本当に」

ペピータはまた泣き出し、アンヘラはその手を握る。泣き止む様子がないので、立ち上がって少し苛ついた調子で言う。

「さて、会合に出掛ける時間よ」

アンヘラ、ペピータ、パルメサーノ、マラゴン、イナストリージャス神父の五名が、プエルト・アレグレ・オペラ劇場の支配人ベルトレッティと会見して、飾りつけについて相談することになっている。ペピータは泣き止む。

「顔を洗いなさい」アンヘラは命令口調になる。

ペピータはバスルームに入る。一人になってアンヘラは鏡で顔を見つめ、頬に手を触れる。

お洒落な蠅のように盛装したドン・カルリートスが、断固たる決意と希望、そして我ながら名案と思う論法――バリエントスとドン・バルトロメ・ゴンサレスに知恵を借りて、ついさっきカジノのバーで思いついたばかりだった――を胸に、飛び跳ねるように階段を上がっていく。大胆すぎる手だとわかってはいたし、ベラウンサランのためにパーティーを開きたいなどと言い出したら、邪険に撥ねつけられる危険があることも承知していたが、すでに腹は決まっていた。

そんな心理状態のまま二階のホールへ至り、妻の私室へ向かうと、一瞬ドアの前に立ち止まって、どう切り出すべきかもう一度考える。そして口説くようにノックする。

「どうぞ！」

ドン・カルリートスが部屋に入る。アンヘラとペピータが帽子とネックレスを身に着けて外出しようとしている様子なので、一瞬当惑する。

「酔っ払っているわね」アンヘラは言う。

「違うよ。一杯しか飲んでいない」

「劇場で会合があるの」手袋をはめながらアンヘラは言い、会話を切り上げようとする。

ドン・カルリートスは妻の行き先になど興味がない。計画が狂いそうなので、一気に攻勢に出る。

「アンヘラ、頼みがあるんだ」

「そんな時間はないの」アンヘラは言う。「もう出掛けなきゃ」

「こっちも帰って来るまで待つ時間はない」ドン・カルリートスは答え、ペピータに向かって言い添える。「君は耳を塞いでいてくれ。少し二人だけで話をしないといけないから」

観念してアンヘラはペピータに言う。

「下で待っていて」

ペピータが出て行くと、ドン・カルリートスは妻に近寄り、秘め事のように言う。

「まだ希望はある！」

「何の？」妻は答える。

「クンバンチャを救えるかもしれない。だが、それには君の助けが必要だ。いや、もっと言えば、君しか私を救える人はいない」

アンヘラは真顔になって夫に問いかける。

「何を企んでいるの？」

ドン・カルリートスは、今世紀最高のニュースでも伝えるような笑顔で言う。

「ベラウンサランがカジノの会員になりたがっているんだ！」

この言葉に妻がどんな反応を示すか見極めるため、一歩後ろへ下がる。アンヘラは表情一つ変えない。

「それが私と何の関係があるの？」彼女は問いかける。

ドン・カルリートスはひるまない。そして嘘の第二部に入る。

「話はここからだ。ベラウンサランの申し出を指導部が検討した結果、却下することになった」

「当然だわ！」アンヘラは言う。

ドン・カルリートスは手を上げて正義感の強い妻の賛同を制し、説明を続ける。

「勝利の雄叫びはまだ早い。最後まで聞いてくれ。ベラウンサランは、君の言うような殺人鬼だからという理由で拒否されたわけでも、他の連中の言うようにムラートだからという理由で拒否されたわけでもない」とどめの一撃を食らわそうとでもするように、また一歩後ずさりする。「申請が却下されたのは、必要な手順を踏んでいなかったからだ。つまり創設会員の推薦状によるお墨付きがなかった。ありがたいことに、ベラウンサランは私に目をつけてくれた。いいかい、私に推薦人になってほしいというんだよ。わかるかい？」

アンヘラは軽蔑の眼差しで夫を見つめ、投げやりな調子で言う。

「ええ、わかるわ、推薦人の役を引き受けるのね」

ドン・カルリートスは妻に近寄る。

「もちろんさ！　ただ推薦するだけじゃなくて、みんなに引き合わせようと思う！」手袋をした妻の手を両手で握りしめて彼は続ける。「賛成してくれるね？」

　アンヘラは驚きと不信の目で夫を見つめる。

「何が言いたいの？」

「七月一三日がレベンコの戦勝記念日だろう。この家で舞踏会を開いて、アレパの名士たちに引き合わせれば、クンバンチャは安泰さ」

　アンヘラは開いた口が塞がらない。

「この家で？　ベラウンサランをこの家へ？」

　ドン・カルリートスの顔が悲しみに歪む。

「お願いだ、アンヘラ！　少しだけ我慢してくれ！　一晩だけのことじゃないか！　お願いだ！」

　アンヘラの手袋にキスしようとするが、彼女は荒っぽく手を引っ込める。

「頭がおかしいんじゃないの！」

　ドアのほうへ歩き始める。ドン・カルリートスは必死の思いで跪く。

「アンヘラ、このとおりだ！」

　アンヘラは部屋を出て、夫が両腕を十字に組んで涎を垂らしながら跪いているのに、そちらを振り返って見ることさえしない。すべてが水の泡だと見るや、カルリートスは頭を上げ、跪いた時よりはるかに辛そうに立ち上がる。そして自分の部屋に籠り、肘掛け椅子に座ったまま、何時間も虚空を見つめ続ける。

　家から劇場へ向かう間、アンヘラはじっと口を閉ざし、怒りの目で通りを見ている。劇場でパルメサーノとベルトレッティが飾りつけについて議論を交わすうちに、アンヘラは妙案を思いつく。上機嫌で帰宅してノックもせず夫の部屋へ入ると、うなだれてじっと肘掛け椅子に佇むその姿が目に入り、だしぬけに声をかける。

「気が変わったの。ベラウンサランのためにパーティーを開くことにしましょう」

　ドン・カルリートスはあまりの喜びに有頂天になる。

「ありがとう、アンヘラ、ありがとう」妻の手にキスしながら彼は繰り返す。

　彼女は黙って夫を見つめ、その歓喜を前に恍惚とした表情になる。無邪気に感謝して妻の手にキスする夫には、彼女の内側でどんな悪巧みが進んでいるか知る由もない。

17
別の計画

午前一〇時、パジャマの上にシルクのガウンを羽織ったクシラットが、ヘアネットで髪を押さえつけたまま、テラスで朝食をとりながら中庭の木立を眺めている。ガラトゥーサが現れ、肉とジャガイモの跡がわずかに残る皿を下げてコーヒーを出した後、新聞を渡す。

『エル・ムンド』の一面を飾るのはベラウンサランの写真であり、フランス資本で建設されたアレパ初の紡績・織物工場の落成式で、お披露目となるフライングシャトルをぎこちない手つきで動かしている。落成式が催されたのは前日のことであり、新聞には書かれていないが、大統領は式の前に国の名士たちと会食していたのだった。

これ以上何も言いつけられることはないと見てとったガラトゥーサは、涼しい中庭で愚かしい記事を読み耽る主人を後に残してキッチンへ引っ込み、自分の朝食を準備する。

ベリオサバル家のディィオン・ブートンがコルドバネス通りにあるクシラット邸の前で停まる。制服を着て汗だくの運転手が車を降りて門まで歩き、二度ノッカーを叩きつけると、その音が玄関ホールに響き渡る。キッチンでモツの煮込みを食べていたガラトゥーサが飛び上がり、パンの塊で口を拭った後、捲くっていた袖を元に戻しながら駆け足で階段を下りていく。

「ベリオサバルの奥様がクシラット様とお話ししたいそうです」名前を発音するたびに軽くお辞儀をしながら運転手が告げる。

ガラトゥーサは黙ったまま固まるが、車の中を覗き込むと、帽子とイヤリングで慎ましく着飾ったアンヘラが後部座席に座って様子を見つめており、嘘でないことがわかる。驚きを顔に出さぬよう注意して運転手に返答する。

「お伝えしてきます」

テラスへ通されたアンヘラは、修道女でも訪ねるような服装でクシラットの横に腰掛け、目の前に置かれたデミタスカップに口をつけて、口に軽く紙ナプキンをあてた後で切り出す。

「マラゴンは、もう一つ爆弾を放り込んで、処刑された人たちへの連帯を示そうと言っているわ。私にはいい方法だとは思えない。亡き友たちにオマージュを捧げるのなら、彼らが命を懸けて成し遂げようとした計画を実行するのが一番いいと思う」

クシラットはむっとして椅子から体を起こし、招かれざる客のように相手を見つめて言う。

「アンヘラ、それは私の使命です。必ずやり遂げて見せます」

アンヘラは彼を正面から見つめ、強い信頼感を言葉に込める。

「頼もしいわ。今日こうしてやって来たのは、あなたを咎めるためではなく、それどころか、私たちへの助言をいただきたかったからよ」

クシラットは訳のわからぬまま彼女を見つめる。

「私たち？　誰のことです？」

アンヘラは腕をテーブルに乗せ、しっかりした口調で話し出す。

「最近アレパで起こっていることについて考え出すと、夜も眠れない。ベラウンサランを倒すべき時が来たと思っているのはあなただけじゃない、これは明らかだわ」

クシラットは体を後ろに戻し、何か深く考え込むようなふりをする。アンヘラは続ける。

「すでにあなたは一度試みた。友人たちも同じ。みんなで前もって相談していれば結果は違ったと思わない？」

苛々と体を動かしながらクシラットが答える。

「前もって相談していれば、彼らはそもそも宮殿にも行かなかったことでしょう」

アンヘラが切り返す。

「そのとおり。この島で、計画を実行する勇気と知性と決断力を備えた男はあなたをおいて他にいないわ」

クシラットは恥じ入って目を落としながら言う。

「今のところ成功していません」

アンヘラが勢い込む。

「それは、軽率なやり方だったからだわ。一人で行ったのでは、宮殿から生きて出てこられなかったことでしょう。でも、そこには大きな希望もある。神様の思し召しで計画は失敗に終わったけれど、あなたが生きているということは、まだ神様に見離されたわけではないということだわ。今こそ、祖国に身を捧げようという思いのある人たち全員を結集してチームを作り、訓練と準備を積んだうえで実行すべき時だと思う。あなたこそその先頭に立つべき人物だわ」

「私は遠慮します」クシラットは言う。

アンヘラは驚いた顔で相手を見つめる。

「なぜ？」

クシラットは居心地が悪そうにアンヘラの目を避け、少し考えてから答える。

「集団行動は危険です。スパイや口の軽い人、ドジな者には事欠きませんから……」

「思い上がった考え方ね！　ひとりよがりすぎるわ！　失敗したらどうするの？　誰があなたの後を継ぐの？　協力させてちょうだい！　あなたの力になって、守ってあげたいのよ！　勝利を独り占めしようとしないで！」

恥と不快感が入り混じったような思いでクシラットは相手を素っ気なく制する。

「アンヘラ、やめてください！」

失望してアンヘラは黙り込む。目から涙が溢れて唇が震え、呼吸が乱れる。愚かしい情熱だが、威圧感がある。アンヘラはクシラットが少し怯んで無防備になったことに気づき、椅子に縮こまった彼の手に飛びつく。

「お願い、あなた！　あなた、お願い！」

両手でその手をしっかりと握りしめる。クシラットはとまどい、ヘアネットを被ったままの自分が滑稽に思われて、さっさと話を切り上げて手を放してもらいたいばかりに言う。

「何をお求めなのです？」

涙に濡れた目で彼女は勝利と感謝の笑みを向ける。クシラットはそっと手を抜き取ろうとして失敗する。

「運が私たちに味方しているのです」勝利の笑みを浮かべてアンヘラは言う。「一カ月後にベラウンサランが我が家に来ます」

クシラットは興味をひかれ、一瞬だけ手のことを忘れる。


ペピータ・ヒメネスは、目の下に隈を作っているばかりか、髪にも艶がなく、悲しげな青白い顔をしているが、唇だけはチェリー色に塗り、蠅の羽のような服に長すぎる靴という格好で舞台の中央に立っている。剥き出しの腕を動かしてブレスレットを鳴らしながら、哀れっぽい声でパレトンの詩を朗読し終える。

悲しみの心よ
見捨てられた心よ
お前はどこへ行く?

「ああ、芸術だわ!」三列目からコンチータ・パルメサーノが声を上げ、拍手する。

リハーサルに参加した他の者たちも拍手する。

客席の中央でアンヘラと並んで座ったクシラットが苛立ちを見せながら言う。

「この女は使えませんね」

アンヘラは叱責の目を向けて言う。

「有能だし、あなたのことが大好きなのよ」

「そんな美徳があっても、大統領暗殺には何の役にも立ちません。この女は絶対に外しましょう」

「ペペ!」侮辱の言葉をこれ以上聞きたくないとでもいうようにアンヘラは言う。実のところ、ペピータがけなされると、優越感に浸ることができて、彼女はまんざらでもない。

クシラットは眉間に皺を寄せて劇場を見渡す。

「どの男がペレイラですか?」

ペピータはレガラード姉妹の横に着席している。アカデミアの女子たちが舞台に上がり、意見の食い違うベルトレッティとパルメサーノの指示に従って、苦労して模型を据え付ける。イナストリージャス神父は両腕を大きく開き、ペピータにもっともらしいお世辞を言う。肘掛け椅子に深く座ったドン・カルリートスは、リハーサルが終わるのを辛抱強く待っている。前舞台の近くにいるマラゴンは、フットライトの光でスピーチ用の原稿を読み、股間を掻く。その時、尻のあたりを引っ張りながらレディ・フィップスがトイレから出てくる。劇場の奥で腕を組んで立つペレイラは、舞台上の混乱を控え目に見つめている。

アンヘラが頭を動かして彼のいる場所を示す。クシラットは立ち上がり、ドン・カルリートスに一声かけてその前を通り、ペピータに軽く微笑みかけ、イナストリージャス神父とぶつかった後、通路を辿ってペレイラのもとへ歩み寄る。ペレイラの顔から血の気が引く。

「どこでヴァイオリンを習ったのですか？」クシラットが訊ねる。

ペレイラは仰天する。

「私ですか？」

ぶしつけな訊き方だったと気づいたクシラットは、嘘をついて相手を安心させようとする。

「大変お上手なのでお聞きしたかったのです」

ペレイラは嬉しそうに微笑む。

「ここプエルト・アレグレです。私の所属するオーケストラの指揮者キロス氏から習いました」

彼の答えに興味などないクシラットは、驚いたふりをして相手の反応を窺う。

「本当ですか！　それはすごい！　留学されていたのかと思いました」

「いえ、私はアレパから出たこともありません」

相手が落ち着いてきたのを見て、クシラットはその肩に手をかけながら言う。

「少しお話しさせてもらってもいいですか？」

二人は通路を歩き出す。ペレイラはいっそう上機嫌になり、クシラットはどう切り出せばいいか慎重に考えてでもいるように床を見つめる。

「政治情勢についてどうお考えですか？」

ペレイラは怪訝な顔になる。

「いえ、特に何も」

クシラットは立ち止まり、相手をじろじろと見つめる。ペレイラは不安になって訊ねる。

「何をおっしゃりたいのですか？」

「先日の銃殺についてどうお考えかお聞きしたいのです」

ペレイラは少し考えてから答える。

「ええと、事情を知る人の話によれば、銃殺は極めて適切な対応だということです。これで政治の透明度が上がるそうです。あくまで人から聞いた話です。ドン・カシミロ・パレトンはいつも私には親切で、個人的には何の不満もありませんでした。まあ、親切というか、普通に接してくれていました」

クシラットは少し相手を見つめた後に笑顔で言う。

「興味深いご意見です。それではまた」

混乱するペレイラを尻目にクシラットは彼のそばを離れ、元の席に向かって歩き出す。アンヘラの横に腰を下ろしたところで言う。

「あいつはただのバカですね」

「息子もそう言っているわ」無関心にアンヘラは言う。

18 暗殺者たちの夕食

夜、クシラット家の古屋敷のリビングで、カバーに覆われたソファーと放り出されたままの雪花石膏の間に、選ばれし者たちが集っている。マラゴンはもじゃもじゃの前髪をかきあげ、ダンディに決めたパコ・リドルエホは友人の家を自由に歩き回り、アンスーレスは皺くちゃのブロケードを貼った椅子の縁に固まり、バリエントスは食前酒に口をつけている。リビングの中央で、お洒落に着飾ったクシラットが、亀形のテーブルに片手をついて話し出す。

「これは単なる会食ではありません。真面目な話があります。ホテル・イングラテラに頼んでおいた夕食はその後です」

これを聞いた会食者は彼を見つめ、着いた時よりいっそう怪訝な顔になる。

ノッカーの鳴る音が聞こえる。

「アンヘラです」部屋を出ながらクシラットは言う。

軽々と階段を下りていくが、玄関ホールにアンヘラとペピータ・ヒメネスがいることに気づき、驚いて途中で立ち止まる。

女二人が階段を上り、じっと立ちつくしたクシラットに目をとめる。

「ペペ」彼のそばへ寄ってペピータが言う。「夕食へのご招待、ありがとう」

身を強張らせたクシラットは、わざとらしく優しい笑みを浮かべて手を差し出し、そのままペピータが階段を上っていくのを見届けたところで、厳しい表情になって小声でアンヘラに言う。

「なぜ連れてきたのですか?」

「仕方がなかったのよ」アンヘラも小声で答える。「通りでマラゴンに会って、ここで夕食会があることを聞きつけたらしいの。必死で私に泣きついてきたわ」

「信用できない人はご免だと言ったでしょう!」クシラットは言う。

このやり取りの後で、二人は笑顔を凍りつかせたまま階段を上がる。上で待っていたペピータは、暗い顔で周りを見渡し、古い家特有のすえた臭いを深く吸い込みながら言う。

「懐かしいわ!」

クシラットは二人をリビングへ導く。中へ入る前、敷居のところでペピータはハンドバッグから紙束を取り出し、クシラットに差し出す。

「取っておいて。あなたのことを思って書いた詩なの」

驚いたふりばかりか、感謝しているふりまでしてクシラットは紙束をポケットにしまい、ペピータを先にリビングへ通すと、中ではすでに会食者たちが立ち上がってアンヘラと挨拶を交わしている。

「やあ、お嬢さん」ペピータを見てマラゴンが両手を広げる。

会の冒頭は最悪だった。クシラットは、ペピータの書いた一二三行の情熱的な韻文を読んでいるふりをせねばならず、内心では、計画がこのまま続けられるか疑問に感じ始めていたが、アンヘラの発した言葉を聞いて腹を決めた。

「さあ、これから何をしようとしているのか、説明してください」

クシラットは、頭から井戸に飛び込むような気持ちで一気に会の趣旨を説明した。

夕食を終えて、まるで山上の垂訓でも聞いたように厳粛な面持ちになっていた会食者たちは、まだ陰謀の一味になりきれぬまま、クシラットの最後の言葉に耳を傾ける。

「この方針に賛成できない方は、どうぞご退席ください」

方針も夕食も舌に合わなかったバリエントスは、思わず立ち上がろうとするが、もしこの陰謀が成功して首尾よく元帥を始末しおおせた暁には、ここで退席すれば後々命取りになりかねないと考えて踏みとどまる。一瞬、ベラウンサランとの新たな取引について会食者たちに話そうかとも思うが、理想主義者たち（少なくともアンヘラとクシラットは理想主義者だ）に道理は通じないと思い直し、黙っていることにする。

アンスーレスは夕食への招待を受けた自分を呪いながら賛成の意を表明する。パコ・リドルエホとペピータ・ヒメネスは計画に心から感動して賛成する。

マラゴンが話し出す。

「我が親愛なるスポーツマンよ、私が亡命者であることを思い出してほしい。この国の庇護を受けてきた以上、法を破るような真似はしたくない」

「あなたの助言は」クシラットが言う。「計り知れない価値を持っています、ドクトル」

「助言だけでいいというのなら」マラゴンは言う。「残らせてもらおう」

緊張が和らぐ。誰もが鷹揚に笑う。パコ・リドルエホが口を挟む。

「皆さん賛成ということですが、具体的には何をするのですか？」

「アンヘラに一つ案があります」クシラットが言う。

アンヘラが説明を始める。七月一三日に自宅でベラウンサランを招いてパーティーを催すので、それが彼の命日になる。ここにいる全員を招待する。

「七月一三日？」アンスーレスが訊ねる。「もうすぐではありませんか」

「とんでもない！」マラゴンは言う。「ダンスの準備をする時間があるのなら、殺人の準備をする時間がないはずはない」

「その言葉を使うのはやめましょう、ドクトル」アンヘラが言う。「これは仇討ちです」

アンヘラがクシラットを見つめ、彼は賛同の眼差しを返す。その一方でバリエントスは考える。

《クソったれ！　勝利は近いと思ったが、単なる崖っぷちだったか！》

アンヘラは落ち着き払って自分の役を演じ続ける。

「一つ条件があります。流血沙汰は望みません」

「よろしい」マラゴンが言う。「私がベラドンナを調達しましょう」

「どうやって飲ませるのです？」パコ・リドルエホが訊く。

「コニャックですよ」バリエントスが言う。「奴は大酒飲みです」

「それはいけません。他にも大酒飲みがたくさんいますから、招待客の命を危険に晒しかねません」

アンヘラが口を出す。

「よろしい」マラゴンは言う。「他の方法を考えましょう」

「一つ案があります」顔を赤らめながらペピータ・ヒメネスが口を挟む。

誰もが興味津々の眼差しで彼女を見つめるが、クシラットだけは不安げに目を逸らせている。

「マウリシオ・バルサンの小説で読んだ話なのですが」文学通を気取ってマウリシオ・バルサンを引き合いに出しながら、もったいぶった調子でペピータは続ける。「猛毒物質を入れた注射器を使って、あの男の体内に毒を注入するのです」

「それだ！」マラゴンが言う。「それがいい！」

「そんな猛毒があるのですか、ドクトル？」興味をそそられてバリエントスが訊く。

「いくらでもある！」マラゴンが応じて説明を始める。「オカンセイタクミソウ抽出物、シビレ酸昇華物、メクラマシチェリー溶液、そして最も手に入れやすいのがクラーレ。グアルパ族は現在でもこれをイノシシ狩りに使っている」

「ちょっと待ってください」クシラットが言う。「毒物があるのはわかりましたが、問題はそれをどう使うかです。まさか、ベラウンサランに注射をさせろと言うわけにはいかないでしょう」

「しかし、ダンスとなれば、クシラット君」女性を実行犯にさせようと意気込むアンスーレスが身を乗り出す。「ベラウンサランも誰かと踊らないわけにはいかないから、そこで一刺しするのは……」

「簡単だ！」マラゴンが締めくくる。

「しかし、人と踊りながら、笑顔で相手に毒針を刺すとなれば、相当な度胸と強心臓が必要ですよ」クシラットが言う。

「そのとおりだ」バリエントスが言う。「かなりの離れ業だ」

不安な沈黙が流れる。ペピータが口を開く。

「私がやります」

アンスーレスはほっと息をつき、クシラットは苛立って黙り込む。パコ・リドルエホが生まれて初めてペピータに興味を抱いてじっと見つめる。マラゴンが大声で言う。

「君を生んでくれた母に幸あれ、ペピータ！　君こそ我らの守り神だ！」

アンヘラがクシラットに向かって言う。

「ほらね、一緒に来てよかったでしょう」

クシラットはひるまない。

「しかし、ベラウンサランがペピータと踊るのを嫌がったらどうします？　チャンスは失われますよ」

マラゴンがペピータの擁護に乗り出す。

「おいおい、どういう意味だい、こんな美女に失礼だぞ。君だって虜になったのだから、誰だって気を惹かれないはずはない。目くばせ一つで、元帥どころか、軍隊丸ごと惹きつけることだってできるさ」

ペピータがあからさまな目くばせをクシラットに送る。彼は観念してマラゴンに問いを向ける。

「それで、その毒物は手に入るのですか？」

「任せてくれ」マラゴンは言う。

クシラットは周りを見回す。

「異論はありませんね？」

何の異論も出ない。クシラットはテーブルクロスを見つめ、居心地悪そうに体を動かしながら言う。

「それでは、この話を進めましょう。詳細はこれから詰めるということで」

アンヘラが腕を伸ばして、正面に座っていたペピータの手に触れ、祝福の気持ちを伝える。

「これは乾杯に値しますね」バリエントスが言う。

これで会は活気づき、誰もが一斉に話し始めるが、ペピータだけは、ずっと目を合わそうとしないクシラットを見つめて黙り込んでいる。

19 迫り来る死？

朝の澄み切った空気のなか、高度を上げて飛ぶクシラットの飛行機が唸りを上げ、アルカンフォーレス湾上空にぶら下がっているように見える。前の座席から強風を受けながらティンティン・ベリオサバルが顔を出し、青い海、透けて見えるサンゴ礁、波頭を立てる岩礁、金色の砂浜、黒っぽいココヤシの木立を見つめる。

ゆっくりと飛行機は海を離れて山並みの端に迫り、呆然と見つめる煙草労働者の上を飛んでいく。尾根を越えたところで高度を下げてベントサへ進路を向け、少しずつ下降しながら旋回を始める。アンヘラとペピータ・ヒメネスの日傘からわずか数メートルのところを轟音とともに通り過ぎた後、刺々しい視線を送る女たちの目の前で、飛び跳ねながら着陸する。

ティンティンはよろよろと飛行機から降り、跪いて吐き始める。服を汚されないよう気をつけながら、母が腕を伸ばして手で額を支えてやる。

クシラットはサングラスを外してペピータのもとへ近寄る。

「悪天候に遭ったの？」ペピータが訊ねる。

「悪天候？　こんなにいい天気だというのに」

ペピータは縮み上がって言い訳めいたことを口にする。

「上空では違うのかと思ったの。ここからでは見えない強風が吹いているとか」

「そんなはずないだろう。同じ天気だよ」

ペピータは相手の顔色を窺う。

「ぺぺ、私が嫌なの？」

ブレリオを見つめていたクシラットは、態度がぶしつけ過ぎたことに気づいて声の調子を和らげる。

「君が？　とんでもない。なぜそんなことを言うんだい？　嫌なわけがないじゃないか」そして優しく頬に触れる。

だが彼女は納得しない。

「それなら、なぜ結婚の話をしてくれないの？　約束を取り消したいのなら、好きにしていいのよ」

クシラットはこらえていた怒りを爆破させて言う。

「明日君が人を殺そうとしているのに、結婚の話なんかできるはずがないじゃないか。未来のことなんか話している場合かい？　死が目の前にちらついているのに」

ペピータは目を丸めて相手を見つめ、これで恋人関係は終わりだと察する。クシラットのほうは、思わず口にしたことを後悔して憤懣やるかたなく、といって本心を打ち明ける気にもならないので、彼女のもとを離れ、飛行機のそばに立っていたガラトゥーサに近寄って指示を出す。

アンヘラは、ハンカチで息子の口を拭った後、その肩に腕を回してデュッセンバーグのほうへ導いていく。途中、ペピータが悲壮な顔をしているのに気づいて驚き、歩みを止めて問いかける。

「どうしたの？」

ペピータ・ヒメネスは黙ったまま首を振る。

アンヘラは心配そうに彼女を見つめる。

注射器がブローチのように見える。細い皮下注射器で、端にカボチャのような形の小さなバラ色の人口真珠が付いており、裏側に毒を入れたアンプルが隠れている。

「肌にあてがって、ここを押すんだ」職人気取りのマラゴンが誇らしげに注射器を見せながらペピータに説明する。「一秒ですべて終わる。毒は瞬く間に体中に回る。刺したと思ったら、すぐ床に倒れ込むことだろう。私が心臓発作の診断を下す。その後検死が行われることだろう」

彼はかしこまってアンプルを渡す。アンヘラの私室に、皆めかしこんで勢揃いしている。アンヘラは黒のロングドレスを着て頭に羽飾りをつけ、ペピータは借り物のドレス、クシラットは仕立てのいいタキシードに身を包み、マラゴンの着るナフタリン臭い服は今にもはちきれそうに見える。

「幸運を祈る」マラゴンは言う。

アンヘラがペピータの手からブローチを取り上げ、震える手でアンヘラの襟元に取りつけながら言う。

「こうしておけばすぐ手が届くわ」

「刺す度胸があるかい？」心配そうにクシラットが訊ねる。

アンヘラがペピータの肩を持つ。

「愚かな質問だわ、ペペ！　大丈夫にきまっているでしょう！」

ペピータの顔はやつれ、アイシャドーの下に本物の隈がある。青白い皮膚と白粉に挟まれた顔は壁のように真っ白で、真ん中に傷のように開いた口が動いている。

「無理そうなら、まだ他の手を考える時間はある」ペピータの顔色を見て不安を募らせたクシラットが言う。

ペピータは突如操り人形のように息を吹き返す。尻と首と両腕を動かし、耳障りな声で言う。

「踊りたい、踊りたいわ！　今日は私の人生で最も幸せな日、マヌエル・ベラウンサランとタンゴを踊りたいわ！」

　マラゴンは陽気になり、アラゴン風ホタのステップを踏みながら叫ぶ。

「そうだ、その調子だ、お嬢ちゃん！」

　アンヘラは不安な気持ちを心の奥底にしまい込んで言う。

「もちろん踊るのよ、そして祖国を救うのよ。でも、その前に精神安定剤を飲んでおきなさい」

　クシラットはほろりとする。

　アンヘラはクローゼットを開けて中から小瓶を取り出し、蓋を開けて、コップの水に三適垂らす。水を飲むペピータに視線が集まったところで、燕尾服姿のドン・カルリートスが颯爽と登場し、両手をすり合わせながら冗談めかして言う。

「いったい君たちは何を企んでいるんだい？　何の陰謀だい？」


　チャコタの自宅で鏡の前に立つベラウンサランは、口髭の妻と黒人のセバスティアンに助けられて、防弾チョッキ、シャツ、胸当て、ウイング・カラー、黒のネクタイ、ズボンを着終え、タキシードのベストを纏ったところで、前のボタンが閉まらないことに気づく。

「クソったれ、閉まらない！」落胆の叫び声を上げる。

　少し離れていたドニャ・グレゴリータが銅像でも見つめるように眺めながら説き伏せる。

「軍服になさいよ」

ベラウンサランは苛立ちを露わにする。

「今日のパーティーに軍服で行けとはどういうことだ？　このタキシードの意味がわからないのか？穏健党員の家へ行くのだから、穏健党員の格好をするのが当然だ。今日から私は、進歩党のトップであるばかりでなく、穏健党のトップでもあるのだ。政党政治は終わり、私がこの島の王となるのだ。危険は承知、防備などクソ食らえだ！」

セバスティアンと妻はおとなしく従い、ズボン、ネクタイ、ウイング・カラー、胸当て、シャツ、防弾チョッキを脱ぐ手伝いをする。

20 みんな踊れ

ベリオサバル家の玄関ホールで、到着したばかりのゴンサレス・デル・ロールス夫妻にアンヘラとドン・カルリートスが歓迎の言葉をかける。頬へのキスと握手の後、ベチバー油の臭いを漂わせたドン・バルトロメは、陳列物のように胸元に真珠とイボを並べたドニャ・クレセンシアーナと腕を組む。

「ではまた後ほど」ドニャ・クレセンシアーナが軽く指を動かしながらアンヘラに言う。

「こんな盛大なパーティーを主催したら」ドン・バルトロメがドン・カルリートスに言う。「税金ぐらい免除になるかもしれないな」

ドン・カルリートスは上機嫌にウィンクして言い添える。

「名刺を忘れないようにしてくれよ」

恰幅がよくて満足そうなゴンサレス夫妻は、三歩ごとに尻をどこかにぶつけながら、名刺を手にして腕を組んだまま大広間のほうへ歩みを進める。

おろしたての制服と鎖で門番の格好をしたベリオサバル家の運転手が広間の入り口に立っている。ドン・バルトロメの手から名刺を受け取ると、広間の内側へ向き直って大声を上げる。

「偉大なる名士ドン・バルトロメ・ゴンサレス・イ・アロチャと、ドニャ・クレセンシアーナ・セスペデス夫人のご登場です！」

パーティーはまだ始まったばかりで、大広間はがらんとしている。敷居のところから夫妻は、まるで何カ月ぶりかのように、ヨーロッパから戻ってきたばかりでまだ大西洋横断船の甲板にでもいるような調子で、友人たちに挨拶の言葉をかける。その後二人は分かれ、裏取引を目論む夫は、輸入品卸売業者ドン・バルドメロ・レガラード、商店主ドン・イグナシオ・レドンド、「赤ブーツ」店主ドン・チェフォロ・エスポンダ、バナナとヤシを商うドン・アリスティデス・レグレスと話を始める。妻は、踊りのスペースを囲むように並んだ椅子へ向かい、欠伸をするドニャ・セグンダ・レドンドと、二人の娘に厳しい目を向けているドニャ・チョニータ・レガラードの間に腰を下ろす。チュールを身に着けた娘たちは輪の反対側におり、初めてパーティーに参加を許されたティンティン・ベリオサバルの話を聞きながら声を上げて笑っている。

死人のような顔をしたキロス氏は、「悲しいワルツ」のリズムに合わせて堅苦しく腕を動かし、ようやく楽団の《調子》が整うと、今度はヴィオラを手に自分のパートを弾き始める。ドン・カルリートスのおさがりのタキシードを着てはいても靴はぼろぼろのペレイラは、音楽に没頭しているせいで、次第に集まってくる招待客に目もくれず、ヴァイオリンの音を外さぬよう努めている。

周りから囃し立てる友人の輪に囲まれて呆然としたクシラットは、不安な目でペピータ・ヒメネスを見つめ、パルメサーノの無駄話に耳を傾けながら無気力に座る彼女の様子を気にしている。

ポルトを手にしたバリエントスとアンスーレスは、しゃれこうべの間でも縫うようにして前進し、意味ありげに声を落としてクシラットに話しかける。

「何か指示はあるか?」

クシラットは自信を見せつけるようにして答える。

「油断なく見守っていてください」

その間、誰にも気づかれることなくダイニングに忍び込んだマラゴンは、伊勢エビ、スズキ、ガランティン、ハムなどに視線を泳がせ、パテのサンドイッチを頬張ったところで、家中に響き渡る門番の声に驚いて食事を喉に詰まらせる。

「偉大なる共和国大統領閣下、陸軍元帥、ドン・マヌエル・ベラウンサラン・イ・ロハス氏のご登場です!」

楽団がアレパパ国歌を奏でる。

食べ物を頬張ったまま指で口を拭いながらマラゴンが爪先立ちでドアへ歩み寄り、少しだけ開けてこっそり中の様子を窺ってみると、ベラウンサラン、カルドナ、ボルンダ、メサが家主夫妻に付き添われて広間へ入ってくる。四名とも礼服がまったく似合っていない。

アンヘラは、まるで宮殿でずっと過ごしてきたかのように如才なくベラウンサランを連れて広間を動き回り、招待客の名士たちに紹介していく。儀礼を知らぬ客たちは一瞬とまどうが、やがて行列を作って順番に大統領に挨拶し始め、内心忌々しく思いながらも、笑顔とお世辞を交えて彼と握手する。

ペレイラは譜面台の後ろからそんな光景を恭しく見つめる。クシラットはテラスに降り立ち、小さな拳銃を取り出して、いったん弾を抜いた後、再び詰め直す。ドアが開いて人影が二つ現れたのを見て仰天し、それがドン・イグナシオ・レドンドとドン・バルトロメ・ゴンサレスだと気づくまで少し時間がかかる。

「とんでもないユーモアセンスの持ち主らしい」ドン・イグナシオが言う。

ドン・バルトロメがクシラットの姿を認める。

「手を上げろ！　何者だ？」

「怪しい者ではありません」拳銃を隠しながらクシラットは答える。

「ペペ・クシラット！　ここで何をしているんだ？　ベラウンサランに紹介されたのか？」

「すでに会ったことがあります」クシラットは言う。

ドン・イグナシオとドン・バルトロメはほっとするが、二人ともその言葉に拭いきれない恨み節を聞きつけ、彼のもとへ歩み寄っていく。

「おいおい、とりあえず恨みは忘れろよ！」ドン・バルトロメが言う。

「祖国のためだ」外国人のレドンドが言う。

「挨拶に行って来いよ、君の家族は伝統ある名家なんだから、きっと喜ばれるさ」ゴンサレスが言う。

「奴の家族ほどじゃありませんよ」クシラットは言い、ダーウィニズムを引き合いに出して答える。

「猿の時代からこの島にいるのですから」

壮年の男二人は窮屈そうに笑う。レドンドがその場を取り繕う。

「そんなことを言うもんじゃない。ベラウンサランはビスカヤの苗字だ」

お節介な二人組から逃れるためにクシラットはおとなしくドアまで付き従い、薄闇に包まれて人気のない音楽室を抜けた後、大広間へ出たところで、ちょうど楽団がワルツを奏で始める。

ベラウンサランは、売春宿で身に着けた立ち居振る舞いで恭しく女主人に近寄って腕を差し出すと、招待客のガラスのような視線を浴びながら彼女を広間の中心へ導き、相手の腰に腕を回してステップを踏み始める。ダンスの得意な彼女は見事にこれに合わせる。

若者たちは踊り、老いた男たちはワインのテーブルを、老いた女たちは椅子を求め、どのカテゴリーにも属さないペピータ・ヒメネスは、最初ドアの敷居に立ち尽くしているが、やがてブロケードを貼った椅子に座り込む。

クシラットは苛立ちを募らせる。広間を横切ってワインのテーブルへ近寄ると、いつになく顔を赤らめたアンスーレスが、パーティーにご満悦らしく、丁寧に整えた口髭の下に笑みを浮かべて話しかけてくる。

「首尾上々だね」

「デブが予定通り女をダンスに誘ってくれればいいのですが」クシラットは答える。「ボーイ、ポルトを頼む」

隊長が不満らしいのでアンスーレスは渋い顔になる。クシラットはダンスのほうを振り返る。アンヘラは、ベラウンサランの腕のなかでクルクル回りながら、定期的に彼のほうへ目を向けている。彼は目と手で合図を送ってペピータ・ヒメネスのほうを示し、《彼女と引き合わせろ》と伝える。アンヘラは頷く。ドン・カルリートスがクシラットに近寄る。

「どうだい、ペペ？　いろいろ見てきた君ならわかってくれるだろう。盛大なパーティーじゃないか？」

「記憶に残るパーティーですし、このアレパでは史上最高でしょうね」いったん不機嫌は忘れてクシラットは答える。

「そうかい？　本当にそう思うかい？」ドン・カルリートスは喜んで訊く。

「本当です」

面目が保たれたところで、ドン・カルリートスはまたもや仲人の手腕を発揮しようとする。

「しかし、君もこんなところをうろうろしているとはいい気なもんだな。一人で酒を飲んで、天使のような美女をほったらかしにしておくとは」ペピータを指差す。「さあ、ぐずぐずしていないで来いよ、お似合いの場所へ連れて行ってやる。いや、本物の楽園は君に似つかわしくないのかな」

そしてグラスを取り上げ、無理やりペピータ・ヒメネスのもとへ連れて行く。そうなってはクシラットも彼女をダンスに誘わないわけにはいかない。二人が手を取り合って、一歩踏み出したところで曲が終わる。ペピータはぼんやり相手を見つめる。この機会をとらえてクシラットは彼女をアンヘラとベラウンサランのもとへ導く。

「元帥」クシラットは言う。「挨拶もせず申し訳ありません」

少々ぎこちなくはあるが優しい表情で二人は握手を交わす。

「お元気でしたか、クシラットさん」

「恋人のヒメネスを紹介させてください。あなたの崇拝者です」

ベラウンサランは型通りペピータの手にキスする。アンヘラが言い添える。

「いい詩を書くんですよ」

ペピータは気後れで失神しそうになりながら笑みを浮かべる。ベラウンサランは詩人相手に何を言えばいいのかわからずただ彼女を見つめている。事情を察したアンヘラが問いを向ける。

「詩にご興味はありませんか、元帥?」

ベラウンサランは正直に答える。

「詩を読む時間は滅多にありません。面白いもののようですね」

アンヘラはペピータを指差しながら言う。

「我々の間では彼女がその道の権威です。詩についてならいくらでも話してくれます」

楽団がフォックストロットを奏で始める。ベラウンサランがペピータのほうへ身を屈めて言う。

「また改めてお話しできれば幸いです」そしてクシラットのほうへ向き直り、「お会いできてよかった」最後にアンヘラに向かって、「奥様、よろしければもう一曲……」

そして彼女を引き寄せて遠ざかり、フォックストロットを踊り始める。クシラットは気持ちを抑えてペピータに手を差し出し、一緒に踊り始める。《音楽を体で感じる》タイプのペピータは、相手にかまわず自分流のリズムでステップを踏みながら、うっとりとした表情でクシラットの顔を見つめて言う。

「恋人と紹介してくれたわね。ありがとう!」

クシラットは踊るのをやめて相手を放し、手の平を差し出して言う。

「ブローチをよこせ」

クシラットを怒らせてしまったと察したペピータは、胸元からブローチを外し、悲壮な顔で差し出す。クシラットはこれをポケットにしまい、再びペピータの手を取って踊りながら、そっとダンスの輪の端へと導いていく。しょんぼりした顔でペピータが言う。

「怒っているの？　その針をどうするつもり？」

「アンヘラに渡すんだ。ベラウンサランが一晩中彼女と踊るつもりなら、彼女にやってもらうしかない」

踊りの輪を離れると、クシラットは一番近くの椅子へペピータを追いやって、そこに座るよう身振りで示し、おとなしく彼女が腰を下ろしたところで、空っぽの椅子を後に残して何も言わずそそくさと立ち去る。

広間のドア脇には門番役の運転手がおり、まるで自分の掛け声がパーティーを成功へ導いたとでもいわんばかり、誇らしげな表情をしていたが、今は暇そうにダンスの様子を見ているだけなので、クシラットは彼に命令口調で声をかける。

「曲が終わったら、緊急の伝言があると夫人に伝えて、ここまで来るよう言ってくれないか」

「かしこまりました、セニョール」運転手は言う。

彼は踊りの輪に近づき、音楽が終わったらすぐアンヘラのもとへ向かおうと身構える。

ドア口に立ったクシラットは、音楽が終わったところで運転手がカップルの間を掻き分けてアンヘラとベラウンサランのほうへ進む様子を見つめ、同時に、アンヘラとベラウンサランがペピータの座る椅子のほうへ移動していくことも確認する。その後、しばらく三人で話していたが、運転手が近寄ってアンヘラに耳打ちしたところで、彼女は詫びの言葉を述べてその場を離れ、ドアのほうへ向かって進んで来る。楽団がボレロを奏で始めると、ベラウンサランはペピータをダンスに誘う。落胆したクシラットを尻目に、アンヘラは喜びに顔を輝かせて近寄って来る。

「やったわね!」彼女は言う。

クシラットは自分への怒りをぶちまける。

「僕は愚か者だ! あなたに渡そうと思って、ペピータから針を取り上げてしまったんです!」

アンヘラは恐ろしい顔で相手を見つめ、生まれてこのかた口にしたこともない粗野な言葉を思わず漏らす。

「ちくしょう!」そしてすぐ我に返って言い添える。「まあ、仕方がないわ。何か手を考えましょう。針をちょうだい。この曲が終わったらペピータに渡すわ」

クシラットから針を受け取ると、アンヘラはペピータのほうへ歩き出し、祝福の言葉をかけてくる友人や、一曲一緒に踊ってほしいと言ってくる者たちを巧みにかわして進んでいく。ボレロが終わると、ベラウンサランと一緒にいるペピータのもとへアンヘラが近寄り、抱き寄せるようなふりをして肩に腕を回しながら、もう一方の手でこっそりペピータの手を引き寄せて針を渡す。そしてベラウンサランに声をかける。

「女流詩人とのダンスはいかがですか？」

　ベラウンサランは体を前に屈めて口髭に手を触れる。

「素晴らしいです。信じられないかもしれませんが、セニョーラ、勉強になりました」

　アンヘラの話を聞きながらベラウンサランは素早く周りを見回し、もしもの時に備えて広間の隅からボスの周囲に目を光らせていたカルドナを見つけると、近づいてくるよう手で合図する。その間もアンヘラは話し続けている。

「いつか、毎週水曜日に開いている文学の夕べにご招待させてください。きっと興味を惹かれると思いますわ、元帥。そうよね、ペピータ？」

　ペピータは胸元にブローチを付けながら答える。

「興味を持っていただけるよう、努力してみます」

　その時、楽団がタンゴを弾き始める。アンヘラは言う。

「それではこれで失礼します」

　だが、立ち去る前にカルドナが現れ、刺々しい声で堅苦しいほど丁重にペピータに話しかける。

「私と一曲踊っていただけませんか？」

　ペピータは困惑して答える。

「元帥と踊っているところですので」

ベラウンサランは鷹揚なところを見せつけるようにしてペピータに答える。

「私はよく暴君だと言われますが、自分勝手ではありません。哀れなカルドナからあなたと踊る喜びを取り上げるような真似はしません」そしてアンヘラに腕を差し出しながら言う。「セニョーラ、その代わり、私と踊ってくださいますね?」

アンヘラはやむなく承諾し、タンゴのリズムに合わせて鮮やかにステップを踏むベラウンサランの腕に導かれて踊りの輪に加わる。しぶしぶペピータとカルドナもぎこちなく踊り、凍りついた笑顔で互いに目を見合わせる。

クシラットはこれを見て唇を震わせ、額に手をあてる。踊りの輪の反対側では、危険が去ったのを見てバリエントスが安堵の溜め息を漏らす。パコ・リドルエホとアンスーレスが期待に胸を膨らませてこっそりクシラットに近づいてくる。

「まさに注文通りだな!」パコ・リドルエホが言う。

「微動だにしなかった!」アンスーレスは言い、マラゴンが不思議そうな顔で近づいてくるのを見て付け加える。「おっしゃっていたとおり、針の一刺しが最良の手段でしたね」

「もっと早く効果が現れるはずなのに」マラゴンは言う。「毒薬を間違えたかな?」

クシラットが苛立ちも露わに口を挟む。

「まだ何も起こってはいません」

三人は驚いて彼を見つめる。

「しかし、すでに奴と踊っただろう？」リドルエホが訊く。

「もちろんだ」アンスーレスが言う。「一緒に踊っているところを確かにこの目で見た」

「空振りでした」クシラットが言う。「針を持っていなかったんです」

「そんなはずはない」マラゴンが言う。「この私がちゃんと渡したんだから」

「それを私が取り上げたんです」クシラットが言う。

「クソったれ！」マラゴンが言う。

「それで、針は今どこに？」リドルエホが訊く。

「ペピータが持っています」

「さっきは持っていなかったと言ったでしょう？」いらいらとアンスーレスが訊く。

「アンヘラに届けてもらったんです」クシラットが自分の愚かさを噛みしめながら言う。

「クソったれ！」マラゴンが繰り返す。

「牛を売った男と同じ状況だな」怒りにまかせて野暮なたとえを持ち出してアンスーレスが言う。

「どうしたんですか？」ここで一団に加わったバリエントスが問いかける。

パコ・リドルエホが辛抱強く説明しようとするが、うまく話が伝わらない。

踊る人々の間に目を泳がせながらクシラットが考え込む。残る四人は落胆と当惑で互いに目を見合わせ、自分が直接殺人に手を貸さねばならない事態を危惧する。

「これからどうしますか?」パコ・リドルエホが訊ねる。

「ペピータから針を取り上げてアンヘラに渡すしかない」苛立ちを込めて断固たる調子でアンスーレスが言う。「デブはあの痩せ女と二度と踊りはしまい」

恋人を痩せ女よばわりされてクシラットが憤慨するのではないかと恐れ、他の者たちが不安げに彼の顔色を窺う。だが彼は怒りも見せず言う。

「そもそも計画自体が失敗でした。愚かな女が小説で読んだ話などに惑わされたのがいけなかったんです。なにも踊りながら刺す必要はありません。曲と曲の間に誰かがそっと近寄ってベラウンサランに一刺しして、さっさと逃げればいいだけの話です」

恐れおののいて四人は彼を見つめる。

「私は亡命者ですから、もちろんそんなことはできません」マラゴンが言う。

「私も足が不自由ですから無理です」バリエントスが言う。

「私も無理です」咎めるような目でクシラットを見ながらアンスーレスが言う。「すでにヘマが多すぎるのですから、ヘマを犯した張本人が責任をとるべきでしょう」

パコ・リドルエホは黙っている。

クシラットはアンスーレスの言葉にむっとして言う。

「怯える必要はありません、ドン・グスタボ、誰もあなたに実行しろと言っているわけではありません。私がやります」

それだけ言うと、空のグラスを持ったまま熱のこもった調子で話を続ける者たちから離れる。一方ペピータは、冷めきった態度のカルドナに椅子まで付き添われ、そこに腰を下ろす。

近寄って来るクシラットに、彼女は悲しげな顔を向ける。

「針を寄こせ」クシラットは再び同じ言葉を口にする。

ペピータは胸に両手をあててブローチを守り、ヒロイン気取りですがりつく。

「嫌よ、ぺぺ。私に与えられた使命なのだから、私にやらせて」

彼女の決意を見て、広間で押し問答をするわけにもいかないと察したクシラットは、予定を変える。

「踊りに誘われるまで待つ必要はない。近寄って、針を刺すんだ」

ペピータは胸に手をあてたまま立ち上がり、絶対服従の目でクシラットを見つめた後、踊る人々の間を縫って、屠殺場へ送られた子羊のように進んでいく。三メートルと前進していないところで楽団がワルツを奏で始める。入り乱れるカップルの間に立ちつくすペピータは、石から石へと飛び跳ねながら川を渡っていたら突如目の前に大通りが現れたとでもいうように呆然としている。クシラットが駆け寄って腰に手を回し、腕の間で彼女の体を回転させる。

ベラウンサランの象のような背中にじっと目を据えたままクシラットはペピータを導き、鮮やかな身のこなしで目まぐるしく回転しながら、アンヘラとベラウンサラン、二つの惑星が辿る軌道の行き着く先を見定める。接触間近というところでペピータに声をかける。

「今だ、刺すんだ！」

だが、よく見ると、ペピータは愛する男の腕に抱かれて《踊っている》だけで、すっかり使命を忘れて、どこへ向かっているのかも知らぬまま輪を描いていたことがわかり、クシラットは戦慄を覚える。ベラウンサランがすぐ近くにいたことにペピータが気づくのは、アンヘラとクルクル体を回して忽然と踊りに没頭する大男がすでにかなり離れた後のことだった。クシラットは怒りのあまり顔面蒼白になり、相手の目を睨みつけて言う。

「バカ！」

ペピータは呻き声を上げて泣き、激しい嫌悪を込めてパートナーの手を振りほどいた後、周りの当惑を尻目に、踊る人々を次々と突き飛ばすようにして道を開けながら広間の外へ駆け出す。

怒ったクシラットが後を追いかけるが、すぐに彼女を見失う。音楽室に入ったようだったので、ドニャ・チョニータ・レガラードやドニャ・クレセンシアーナ・ゴンサレスがわざとらしく慇懃に近寄って彼に言葉をかけてくるのも無視して後を追い、音楽室からテラスへ出てみるが、そこに人影はない。

周りを見渡す。一時期中国趣味にかぶれたアンヘラが木に掛けさせた紙製の提灯がぼんやり庭を照らしている。何か動くものが見え、「ペピータ！」と叫びながら人工セルバのなかへ踏み込む。木々が生き物のように動いたかと思えば、愛に耽っていた何組ものカップルが怯えた動物のように逃げ出し、クシラットは仰天する。

庭の陰気な隅へ分け入りながらクシラットは叫び続ける。「ペピータ！」

21 宴の終わり

ヴァイオリンを脇に置いて洋ナシ型の椅子に座ったペレイラは、雇われ人の役得で大盛りの料理にありつくが、食事を運んできた使用人は、いつもどおり招待客として接するべきなのか、それとも今夜のために連れてこられた楽団の一員として接するべきなのか、判断がつかない。ペレイラはゆっくりと伊勢エビを平らげてシャンパンを飲み、舞台上から広間の様子を眺める。出席者たちが、水飲み場に向かう牛の群れのように、控え目だが過たず、ダイニングに続くドアの向こうへ消えていくのがわかる。たわいもない内容ではあっても時に人を笑わせる会話の声に混じって、皿に当たるナイフとフォークの音が届いてくる。ダイニングは人で溢れているらしく、広くて人のまばらな大広間に逃げ場を求める人たちが、たっぷり食事を盛った皿を手に、同じドアから続々と現れ、男に見向きもされない女か老婆たちしか座る者のなかった椅子に腰を下ろす。

気が動転していても外見上は非の打ちどころのないクシラットが、電話室から大広間へ入り、そのままダイニングへ向かって歩いていたが、その時ペレイラに気づいて方向を変え、彼に近寄っていく。崇拝の対象が近づいてくるのを見て、ペレイラは食べ物を喉に詰まらせる。

「ヒメネス女史の姿を見ませんでしたか？」相手の咳にもかまわずクシラットは訊ねる。

庭の草叢一つひとつ、音楽室の床、ダイニングの人ごみ、バスルームをくまなく探し、使用人に問いかけ、家に電話して帰宅していないか訊ね、招待客の一人ひとりに訊ねて回ったが、まったく無駄だった。

「階段を上っていくところをお見掛けしました」ペレイラは言う。「でも、だいぶ前ですよ」

クシラットはペレイラに礼を言うのも忘れて階段を上ろうとしたが、そこでダイニングのドア口に現れたアンヘラに呼び止められる。彼女のもとへ歩み寄る途中、山盛りの皿を手にダイニングから出てきたドン・チェフォロ・エスポンダとドン・アリスティデス・レグレスとすれ違い、二人はベラウンサランと話した直後らしく、意見を交わし合う声が耳に入る。

「たいした男だな！」

「すごい知性を備えているよ」

アンヘラがクシラットに言う。

「絶好の機会を逸してしまったわ。テーブルの周りは人でごったがえして、誰かが針を刺しても、誰も気づかなかったことでしょうに。ペピータはどこ？」

「三〇分前から探していますが、見つかりません」

アンヘラは心配そうに手を顔にあてる。

その時、片目を皿に、もう一方の目を行き交う娘たちの尻に向けたベラウンサランが現れ、彼を囲むようにして、バリエントス、ドン・バルトロメ・ゴンサレス、ドン・カルリートスの三名が、新しい同盟者らしく満面の笑みと気取りでダイニングから出てくる。

「……それが国家全体の利益にかないます」国家について一度も考えたことのないゴンサレスが話を続けている。

「偽善者！」小声でアンヘラが言う。

彼女の姿を見てベラウンサランが頭を下げ、微笑みながら言う。

「すべて絶品です、セニョーラ」

アンヘラも偽善的に頭を下げて答える。

「お口に合って幸いです、元帥」

「元帥にブラン・ド・ブランをお持ちして」ドン・カルリートスは、広間の反対側にいる給仕長《メートル・ドテル》に命じる。

怪しげな取引の話をしながら四人の男が歩き去って行く。

「ペピータが戻って来なければ、銃を使うしかありません」ドン・イグナシオ・レドンドと言葉を交わすため立ち止まったベラウンサランのがっしりした背中を見つめながらクシラットが言う。

「ペペ、流血は嫌だと言ったでしょう。それにあなたの命が危ないわ」アンヘラが言う。

「今日始末しなければ、何カ月もチャンスはありませんよ」

ドニャ・チョニータ・レガラードとコンチータ・パルメサーノがダイニングから出てくる。

「娘のセクンディーナを見かけませんでしたか?」ドニャ・チョニータが訊ねる。

「いいえ。ペピータを見かけませんでしたか?」クシラットが訊ねる。

「いいえ」ドニャ・チョニータが答える。

「ティンティンの姿も、どこにも見当たらないわね」したり顔でパルメサーノがアンヘラに言う。

アンヘラは不安になる。

「あの恥知らずはいったい何を企んでいることやら!」そう言って庭へ探しに出る。

ドニャ・チョニータとパルメサーノが階段を上る。広間に残ったクシラットは、シャンパンに口をつけるベラウンサランを見つめ、胸に手をやってタキシードのポケットを探りながら拳銃の位置を変える。覚悟を決めてポケットに手を入れたまま、からくり人形のような足取りで標的の背中へ近づいていくと、元帥はドン・バルトロメが放った冗談を呑気に笑っている。

だが、標的には辿り着かない。血相を変えて階段を下りてきたコンチータ・パルメサーノがクシラットへ駆け寄り、その腕に手を掛けて引き寄せながら耳打ちする。

「ペピータが自殺したわ」

クシラットは茫然と相手を見つめる。

「上よ、アンヘラの寝室」コンチータは言って、ダイニングでマラゴンを探す。

クシラットはベラウンサランの背中を最後に一瞥した後、踵を返して階段を上る。

二階のホールにはドニャ・チョニータがいて、愚か娘の耳をひっぱたきながらむなしい問いを発し続けている。

「ここで何をしていたの、あの洟垂れ小僧がなんであなたの下着を手に持っているのよ？」

クシラットの姿を見ると彼女は黙り、娘をドン・カルリートスの寝室へ押しやって一緒に姿を消す。

テーブルランプが灯っているだけで、アンヘラの寝室は薄闇に包まれている。まだセクンディーナの下着を手にしたままのティンティンが、母の威圧的なベッドの上で両足を広げて横たわるペピータの体を呆けたように見つめている。

パーティーの始まりを告げた玄関ホールで、必死に不安を隠すアンヘラと、二階で女詩人が死んだことなどまったく知らないドン・カルリートスが、ベラウンサランとその付き添いたちに別れの言葉をかけている。ベラウンサランはアンヘラの手にキスして言う。

「大変愉快な夜でした。理由はいろいろありますが、一番はあなたです、ドニャ・アンヘラ」

アンヘラは微笑む。一瞬だけ、彼女の内側で女主人としての虚栄心が人道的感情と愛国心を押し殺し、上の階に死体が横たわっていることばかりか、今目の前で傷一つ負うことなく礼を述べるこの男を葬り去るためにパーティーを企画したという事実まで忘れてしまう。

幕間 22

誰もが嘘を並べ、さらに「死因、心臓発作」という死亡診断書をマラゴンがしたためたおかげで、ペピータ・ヒメネスはキリスト教徒にふさわしい埋葬を施された。

「だいぶ前から悪かったんだ」マラゴンはあちこちで言った。

葬儀はしめやかに行われ、アレパの名士たちを筆頭に、多くの友人知人が参列した。墓穴の前でイナストリージャス神父は故人を褒め称えた。

「ドン・カシミロ邸の通夜でマラゴンが読み上げた弔辞より感動的だったわね」コンチータ・パルメサーノがドニャ・クレセンシアーナ・ゴンサレスに言った。

実のところ、二つの弔辞はまったく同じ内容だったが、イナストリージャス神父のほうが、葬式用のラテン語を散りばめていたうえ、マラゴンの古着より立派な僧衣とレース付きの短白衣を身に纏っていたせいで、堂々とした姿に見えたのだった。

厳粛な喪に服したクシラットは、目を落として手を額にあてた姿で失意の恋人役を演じた。自由の身になった彼を好奇心の目で見つめるアレパの独身女性には事欠かず、ひそひそ言葉を交わし合う者までいた。

「あら、黒服を着ていると男前ね！」

既婚女性たちは口々に言った。

「彼女の死が本当にこたえたようね」

コンチータ・パルメサーノは内心思っていた。

「本当は無関心に見殺しにしたというのに！」

そして、葬儀のほとぼりが冷めると、パルメサーノは誘惑に抗えず心臓発作という公式見解に異を唱え始め、やがて真相が知れ渡った。

「私が第一発見者で、明らかに状況は変だったわ」彼女はあちこちで言った。

時が経つとともにペピータは、アレパで初めて自殺した女性として社交界の伝説と化していった。

「詩なんか書くのはやめなさい」母親たちは詩を書く娘をたしなめる。「ペピータ・ヒメネスがどんな目に遭ったかごらんなさい」

そして、三五年間も男にすげなくされたまま詩を書き続けた末、失恋で自殺した哀れな女の話が何度も繰り返し語られた。

ティンティンとレガラード姉妹の間抜け娘セクンディーナとの一件があって、彼女は医者の診察を受けることになったが、担当したドクトル・マラゴンは、いくら探しても処女膜の痕跡すら確認できず、結果を母に伝えた後、あちこちでこの話を触れ回った。

「あの娘は何年も前からお盛んだったんだよ」カジノの夕食後にマラゴンは言った。

ドニャ・コンチータはアンヘラと話し合い、息子と娘が現行犯で押さえられた以上、二人が結婚するのは当然だろうと言い張ったが、アンヘラは断固これを拒否した。

「うちの息子を誘惑したうえ、婿にまでもらおうというの?」アンヘラは言った。「なんて厚かましい!」

以来、レガラード姉妹がアンヘラの家に足を踏み入れることはなくなり、ベリオサバル家の人々がレガラード邸を訪れることもなくなった。二人の夫人が出会っても言葉を交わすことはなく、ドン・カルリートスがカジノに現れると、ココ・レガラードは「女をたぶらかす色ボケ親爺が来た」と言いながら出て行った。

どういう思考回路を辿ってのことか、彼はセクンディーナがティンティンを誘惑したという事実を否定し、ドン・カルリートス（彼はパーティーの夜に妻の寝室で何があったかまったく知らなかった）がセクンディーナを犯したのだと決め込んだ。最初こそ、プエルト・アレグレの社交界はベリオサバル派とレガラード派に二分されたように見えていたが、ベリオサバル家のほうがレガラード家より財力もコネもあるため、次第にレガラード家は孤立していった。ついには訪問する相手も訪問客もいなくなり、数年後セクンディーナは、アレパの社交界で《下衆男》と評判のオリーブ商人と結婚するよりほかなくなった。

政治の世界では、ペピータ・ヒメネスの死もティンティンとセクンディーナの一件も、ベラウンサランに敬意を表して開かれたパーティーの栄光を曇らせることは微塵もなく、二大政党の歴史的和解《ラブロシユマン》が滞ることもなければ、事の進展が遅れることもなかった。

八月一日、約束どおりベラウンサランは、ドン・カルリートス、ドン・バルトロメ、バリエントスの三名を国会議員に指名、一五日、予定どおり、穏健党は総会でベラウンサラン元帥を共和国大統領候補に指名、二〇日、議会は財産権保護法を賛成一〇票、反対ゼロで可決、土地収用法は「案件」ファイルから「不適切につき却下」ファイルへ移行、そして最後に、九月一日、大統領選挙のわずか二カ月後に、ドン・カルリートスが議会に終身大統領制の創設を提案、全会一致で可決された。以上により、チャコタの別荘における会食でベラウンサランと穏健党員が交わした取り決めはすべて実現した。

二回目の計画が失敗し、ペピータ・ヒメネスが亡くなった後、クシラットは弔問客を嫌ってスポーツに打ち込んだ。

夜明けとともに起き出して、パコ・リドルエホとともにウサギ狩りに行くこともあった。そんな時には、夜、血まみれの野生動物を大量に持ち帰った後、ホテル・イングラテラから海産物と家畜の肉料理を取り寄せて豪華な夕食を楽しんだ。また、朝のんびりと起き出して朝食に魚を食べた後、借り物のシトロエンでベントサまで赴き、ブレリオで上空を旋回することもある。一人のこともあれば、パコ・リドルエホかガラトゥーサと一緒のこともあった。アンヘラもクシラットに何度か誘われたが、頑として飛行機には乗らなかった。午後は、乗馬か魚釣り、あるいはアンヘラ訪問に費やした。夜寝る前には、祖父の遺した古い、ささやかな数の蔵書から小説を選んで読み耽った。

ペピータの死で陰謀は立ち消えになった。国会議員に選ばれたバリエントスはアンヘラに言った。

「我々の計画はすでに忘却の彼方です。私は死ぬまで口を閉ざします」

財産権保護法が可決されると、またも牛のたとえを使いながらアンスーレスはリドルエホに言った。

「牛が死ねば争いは終わり、万事うまくいっているのに、今さら問題を蒸し返すつもりはないね」

彼がベリオサバル家の敷居を跨ぐことはなくなり、カジノへ足繁く通っては、ゴンサレスやレドンドとカードゲームに興じた。

マラゴンはクシラットに打ち明けた。

「これだけ危険を冒せばもう十分」

だが、クシラット、アンヘラ、パコ・リドルエホの三人は、終身大統領制が承認された日から再び行動を開始した。

23 小さな獲物

「ベラウンサランを殺すという点では、全員の意見が一致しています」パコ・リドルエホが言う。「問題はどこでどう殺すかです」

三人は音楽室で紅茶を飲んでいる。

「そしてとりわけ、どう逃げるか」クシラットは言う。「危険は承知のうえだが、死に向かって一直線となれば、話はまったく違います」

ブレリオでチャコタを爆撃する、執務室で刺殺するなど、様々な可能性が検討される。

「私にはそんな勇気はないわ」刺殺という選択肢を聞いてアンヘラが言う。

最終的に、サン・パブリート闘鶏場への途上で襲撃することに決まる。ベラウンサランは、毎週火曜日と土曜日に行われる闘鶏に必ず顔を出す。

「爆弾が二つ必要です」密かに火薬関係の専門書を読み進めていたクシラットが言う。「ボディーガードの車に一発、そしてベラウンサランの車に一発」

瞬時に事を済ませる必要がある以上、爆弾を投げる二人とシトロエンの運転手役、計三人の実行犯が必要となる。何人もの候補を却下した後、運転手役はガラトゥーサをおいてほかにいないという結論に落ち着く。

「きちんと説明すれば」クシラットが言う。「きっと承諾してくれるでしょう」

「それで私は何をすればいいの？」何か役に立ちたくてアンヘラが言う。

「我々を匿ってください」クシラットが言う。「襲撃を行うのは夜ですから、朝までどこかで時間を潰す必要があります。せっかく生き残っても、飛行機事故で死んでは意味がありません」

ベラウンサランを殺し、ベントサから遠くない位置にベリオサバル家が所有するケブラーダ農園で一夜を明かした後、夜明けとともに飛行機でコルンガへ逃げて、亡命を申請する、という段取りが決まる。

「そこまではベラウンサランの手も及ばないから安心です」クシラットは言う。

その夜クシラットはガラトゥーサに話しかけ、《危険な使命》の運転手役を務めた後に国を捨てる勇気があるか訊ねる。

「旦那様と一緒なら、喜んでどこへでも行きます、セニョール」アレパでの生活に満足していないガラトゥーサは答える。


プエルト・アレグレ近郊のケブラーダ農園は、緑に覆われた二つの峡谷に挟まれている。現在、ベリオサバル家にとって、この農園は商売の道具というより、むしろ一族の財力のルーツを示す遺品となっている。一九世紀初頭、ドン・トマス・ベリオサバルはこの地で、危険すぎてすでに採算のとれなくなっていた奴隷売買から手を引き、腰を据えてコーヒー栽培に専念することを決めた。結果は上々で、その子孫は一族がかつて奴隷の取引をしていたことなどすっかり忘れ、一世紀以上にわたってこの先祖をコーヒー農園の創始者として語り継いだ。

だが、時とともにすべては移ろいゆく。実りの多い政略結婚その他の才知によってベリオサバル家は、クンバンチャなど、もっと有用で生産性の高い所領を次々と手に入れ、ケブラーダは別の管理者に委ねるようになった。そして今世紀初頭、一家は電気とイギリス風のトイレと一流の人付き合いに惹かれてプエルト・アレグレのパセオ・ヌエボに移り住んだ。だが、これがかえって一家の目をケブラーダに向けることになり、現在（一九二六年）では、二、三日前に《身内》を遣って、管理者に母屋の空気の入れ換えと清掃、家具の埃取りと子豚の屠殺を命じておいたうえで、招待客と連れ立って、家族総出で峡谷の奥へ狩りに出かけることがよくある。屋敷の回廊からは、近くの丘や五〇〇メートル先の集落、そして遠くでかすかな青い線となった海が一望でき、そこでふんだんな食事が振る舞われる。

終身大統領制が承認された一週間後にも狩りが行われ、ハロッズから届いたばかりのゲートルをひけらかすクシラットと、少々分厚すぎるツイードのスカートをはいたアンヘラ、ケニアなら流行の最先端をいく完璧な服装をジャガー革リボン付きツバ広帽子で引き立てたドン・カルリートス、そして借り物のブーツを履いたパコ・リドルエホが参加した。

二時間にわたり、集落に住む農夫たちとその家族は、賞賛と恐怖の入り混じる表情で、峡谷の底から届いてくる勇壮な射撃音に耳を傾けていた。やがて、汗だくで息も上がった様子の農園主ドン・カルリートスが、獲物の野ウサギを手にした使用人を従えて、サラコフ帽で顔を扇ぎながら近くを通りかかると、彼らは好奇心をそそられて家から出てくる。

別の関心で結ばれたアンヘラとクシラットとパコ・リドルエホは、別の道を通ってすでに屋敷に戻っており、ドアを開け放って広々とした部屋を見渡しながら、奴隷の手で作られたマホガニー材の頑丈だが使い勝手の悪い家具に目を向けている。

「絶好の隠れ家ですね」クシラットは言う。

「食糧庫に二週間分の瓶詰があるけど、缶詰やワインのボトルも送らせておくわ」アンヘラが言う。

「夫には内緒で客を泊めるよう管理人に言いつけておくわ。夫は口が軽すぎるから」

「アンヘラ」笑いながらクシラットが言う。「たった一晩のことですよ。ここに住むわけではないんですから」

アンヘラは聞き流す。招待客にひもじい思いはさせたくない。それに、危険な賭けなのだから、何が起こるかわからない。

「気になるのは」アンヘラがバリエントスとアンスーレスとマラゴンの話を持ち出して言う。「他の人たちに何も言わないでいいか、そこだけだわ。一度は協力してくれたのだから、黙っていては気の毒じゃないかしら」

「パコとうちの執事と私で片付けられるのに、なぜ他の人たちに知らせる必要があります？　事が発覚する危険を増やすだけです」

「一度は誘った以上、黙って進めるのは失礼だと思うの」

クシラットは、さっさと議論にケリをつけるためにきっぱりと言い切る。

「アンヘラ、隊長は私です。他言は一切無用です」

玄関からドン・カルリートスの声が聞こえてくる。

「悪い冗談だな。私を置いてさっさと上って来るとはいったいどういうことだ?·」

満面の笑みでアンヘラが玄関まで夫を迎えに出て行く。他の二人も後に続く。

「どうだったの？」

「さっぱりだ。四〇発撃って野ウサギ一羽だけ」

「ぺぺはイノシシを仕留めたのよ」

ドン・カルリートスは、テラスの柱の間に吊るされた血の滴るイノシシを羨望の眼差しで見つめ、わざとらしく激怒して見せる。

「そいつは私が取り逃がした奴だ！ ちくしょうめ！ 私を置いてきぼりにするばかりか、獲物まで横取りするとは！ 貴様のような厚かましい奴は二度と呼ばんぞ、ぺぺ」

三人は無理して笑う。ドン・カルリートスは玄関脇に置いた揺り椅子の一つに体を預け、妻に向かって言う。

「さて、アンヘラ、客に敬意を表してサングリアと、空腹を満たす食べ物を持って来てくれ」

ダイニングテーブルを囲むパコ・リドルエホとガラトゥーサは、広げた地図の上に頭を屈めて、クシラットから最後の指示を受けている。

「闘鶏の開始時刻が八時半として、ベラウンサランの車が雷ロータリーを通過するのは、八時五分より前でもなければ、八時一五分より後でもない。不審がられないよう、故障を装って、八時ちょうどにあそこで車を停める。あそこからなら、到着の三分前に車を確認することができるから、ボンネットを閉じて発進させ、道を塞ぐ時間は十分にある。いつも二台で、一台にはボディーガード、もう一台にはベラウンサランが乗っている。マルティンは運転手役、パコが一台目、私が二台目を襲撃する。そしてケブラーダへ逃げる」

芸術的満足を露わにしてクシラットは二人を見つめ、自分が信頼されているばかりか、質問も異論も出ないことがわかって、地図を丸めながら言う。

「満月の日で、空は晴れ渡っているだろうから、実行にまったく支障はあるまい」

パコ・リドルエホは、爆弾からピンを外して何かに投げつけるような仕草をする。

24

大きな獲物

ベラウンサランがプエルト・アレグレの中心街へ向かう時には、レベンコ大通りからチャコタを出て雷ロータリーまで走り、そこからカルバハレス大通りに入る。サン・パブリート闘鶏場へ向かう時には、レベンコ大通りを走って雷ロータリーまで行き、そこからカルバハレス大通りに入る。愛人を囲うグアランダノの別荘へ向かう時には、レベンコ大通りを走って雷ロータリーまで行き、そこからカルバハレス大通りに入る。こんなことになるのは、チャコタを通る道はレベンコ大通り一本しかなく、その終着点の雷ロータリーから伸びる道はカルバハレス大通りしかないからだ。道中はずっと空き地が続いている。

その名のとおり雷が鳴るとよく響く雷ロータリーで、満月の光に照らされてマルティン・ガラトゥーサがシトロエンのボンネットを開け、何一つ問題のないエンジンを修理するふりをしている。後部座席には、骨まで体を震わせて胃の痛みをこらえたクシラットとパコ・リドルエホが煙草に火を点けている。午後八時。

その頃チャコタでは、前日正式に着任したアレパ初の日本大使多当掘士《たとうほるし》が、大統領との夕食を終え、闘鶏に誘われていた。パナマ運河を地図上から消す方法を見つけるという重要任務を与えられていたこの大使は、ベラウンサランの前で仰々しく頭を下げ、「取陸丸《しゆりくまる》」でロールスロイスが運ばれてくるまで借りることにした黒のスチュードベーカーに乗り込む。

ベラウンサランは安堵の溜め息とともに、カルドナ、ボルンダ、メサとともに大統領専用スチュードベーカーに乗り込む。ボディーガードの車が先頭に立ち、続いて日本大使の車、そして、インディオの国のよき接待役らしく、ベラウンサランの車が隊列のしんがりにつく。

マルティン・ガラトゥーサは、遠方にヘッドライトの灯りを認めると、ボンネットを閉じ、震えを抑えながら運転席に着く。

「三台来ます！」発車させながら彼は言う。

「クソったれ！　どうしたらいい？」

このまま帰って次の火曜日を待つか、無傷の車に追跡されることを覚悟で計画を続けるか、道は二つに一つしかない。クシラットが運命の選択を下し、パコ・リドルエホに言う。

「変更なし。君が先頭の車、私が二台目を狙う」

狂ったようなエンジン音とともに、シトロエンはタイヤを浮かせながらカルバハレス大通りの舗装されていない道を三台と逆向きに疾走し、ロータリーのカーブに差し掛かる。ベラウンサランの車を追い越し、日本大使の乗る車の横についたところで、中に誰が乗っているのか確認できぬままクシラットはピンを抜いて爆弾を車内に投げ込む。

多当掘士《たとうほるし》には、一瞬だけ目の前で跳ね返る爆弾が見えるが、直後に閃光で目が眩み、腹を弾き飛ばされる。

この不運な出だしに較べれば、パコ・リドルエホの投げた爆弾はもう少しましな運命を辿る。計画と違ってボディーガードの車内にうまく入らず、ボンネットで飛び跳ねて地面に落ち、大使の車が通り過ぎた直後に、ベラウンサランの車の真下で爆発する。

ベラウンサランとカルドナとボルンダとメサは、まず全速力で暴走するシトロエンに抜かれて驚愕し、思わず身構えた途端、数メートル先で大使の車が爆発する様子が目に入ったが、それも束の間、今度は自分たちの乗る車が急停止して、前につんのめる。すぐに車は一メートルほども宙に吹っ飛ばされ、四人は互いに頭をぶつけ合った末、地面に落ちた衝撃で今度は天井に頭を叩きつけられる。シートが燃え、尻が焼かれるのを感じて彼らは慌てて車から飛び出す。

ボディーガードの車はパニックに陥っている。最初は任務に則ってシトロエンを追いかけようとしたが、大統領専用車と日本大使の車が燃え上がっているのを見て急停車し、乗員四人の間に矛盾する命令が飛び交う。

「降りて見てくるんだ」

「早く車を出せ」

「あの車を追え」

「バックしろ」

大統領専用スチュードベーカーのドアがすべて開き、それぞれから震え上がった政治家がダマジカのように飛び出してきたところで、混乱は収束する。四人の意見はまとまり、ボディーガードの車はバックして救出に向かう。

彼らにとっておあつらえ向きなことに、熱意に逸りすぎたクシラットが手間を省いてくれる。シトロエンは三人の乗員を逃がすべくカルババハレス大通りをケブラーダに向かって全速力で疾走していたが、後部座席の窓から頭を出して後ろの様子を見ていたクシラットが、燃え盛る焔の脇で周りに指示を出すベラウンサランの姿を確認し、この夜最も重大な決断を下す。

「とどめを刺そう」

ためらうことなくマルティン・ガラトゥーサは車を停め、反転させて、全速力でロータリーへ引き返す。クシラットは銃を抜いて身構える。

ベラウンサランの帽子は歪み、ネクタイは捩れ、ズボンから煙が出ていたが、彼自身は驚愕から立ち直り、すでに状況を把握していた。大使の車の歪んだフレームと、挟まれて動かなくなった体を指差しながら、ガソリンタンクに焔が迫るのもかまわず、怯えた眼差しで見つめる仲間たちに命じる。

「中国人を助け出せ！」

その時、混乱に拍車をかけるように一台の車が現れ、ベラウンサランの五メートル先で停止する。一瞬ひるんだものの、元帥はすぐに落ち着きを取り戻す。後部座席の窓から顔を出すクシラット技師の姿を認めたからだ。瞬時にベラウンサランは、空軍創設にまつわる不愉快な記憶も忘れて、愛想よく手を振って話しかける。

「助けてください、技師さん」

クシラットが助けるどころか銃を抜いて腹に狙いを定め、歯を食いしばって六発発射するのを見て、元帥の顔は凍りつく。

数秒間、二人は信じられないという目で見つめ合う。ベラウンサランには洒落者に撃たれたことが信じられず、クシラットには元帥が倒れないことが信じられない。ベラウンサランの上着は穴だらけになっているが、そこから出てくるのは血ではなく、絨毯でもはたいた後のような塵だけだ。ベラウンサランが当惑を抜けきらぬ間にクシラットのほうが我に返り、震え上がって頭を引っ込めながら指示を出す。

「行くぞ」

マルティン・ガラトゥーサは指示に従う。シトロエンはカルバハレス大通りを再びケブラーダに、飛行機に、コルンガに、政治亡命に、救いに向かって疾走する。だが、そのすぐ後ろにはボディーガードの車が迫っている。

致命傷を負ったと思ったベラウンサランは、穴だらけになった上着とシャツを脱ぎ、防弾チョッキを外して自分の腹が無傷であることを確かめる。周りの者たちが、不安そうな彼の顔を見て言葉をかける。

「大丈夫だよ、マヌエル」

ベラウンサランは軽蔑を込めて彼らを見つめる。

「銃弾を食らって痛くないとでも思うのか？」

25 綱渡り

パニックの論理以外に何の指針もなく、ガラトゥーサは道路から外れてシトロエンを走らせ続け、ライトが消えたまま、全速力で飛び跳ねるように道なき道を進むうち、いつしか車はサン・アントニオのゴミ捨て場に近づいている。

「もう見えないな」後部座席の窓から顔を出したパコ・リドルエホが言う。

クシラットは安堵の溜め息をつく。集落に到達した車は、暗く狭い通りに踏み込んで犬を蹴散らし、行くあてもないまま不確かな道を進んでいくが、交差点に差し掛かったところでボディーガードの車と正面衝突する。

ひどい衝突ではなく、全員無傷だったが、車は動かなくなる。

衝撃と驚きと頭への打撃から先に立ち直ったのはボディーガードたちのほうで、トンプソン銃を持っていた男がシトロエンに向けて発砲する。最初の一斉射撃でガラトゥーサとパコ・リドルエホは座席から動かなくなる。難を逃れたクシラットは通りへ飛び出て柵を飛び越え、豚の間に倒れ込んだり、藪に紛れ込んだりした後、もう一度柵を飛び越える。荒野を駆け抜け、汚水の流れるどぶ川を越え、教会の前を通り過ぎ、見覚えのある市場のところから大通りに出て、路面電車に乗る。

うとうと眠りこける黒人の間に座って、電球の明かりに照らされた泥だらけの靴とあちこち破れたズボンと震える手を見つめ、汗に濡れた額に手をあてる。からからの喉から激しい息遣いの音が聞こえて、不思議な気分になる。

「こんばんは、技師さん」声が聞こえる。

クシラットは目を上げる。目の前に、セルロイド製の手摺に掴まって男が立っており、よく見ると、電車のリズムに合わせて揺れるその男はペレイラで、控え目な驚きを顔に浮かべている。クシラットは少し横にずれて彼に場所を空けてやる。感激してペレイラを見つめた後、その手を握りながら、初めて名前を思い出して話しかける。

「ペレイラ、ここであなたに会えたのは神のお導きです」

ペレイラは喜んで脇に座り、沈黙の言葉で問いかける。クシラットはスパイでもいないかと周りを見回し、人相の悪い無関心な貧乏人しかいないことを確認すると、小声でペレイラに打ち明ける。

「どこか隠れ場所が必要なのです」

ペレイラは目をしばたく。

「追われているんです。命がかかっています」

「私の家へお越しください」ペレイラは言う。

「他に誰かいますか？」

「妻と義母がいます」

「口の堅い人たちですか？」

ペレイラは答える前に一瞬相手を見つめ、その後首を横に振る。クシラットが絶望に沈み、軋む電車の床に目を落とす。それを見てペレイラも目を落とし、そこに解決策があるとでもいうように床を見つめる。

「楽団が練習に使う小屋があります。そこなら寝泊まりする人はいません」

「そこで一夜を明かすことは可能ですか？」

ペレイラは首を縦に振って誇らしげに言う。

「鍵は私が持っています」

クシラットは彼の腕に手を置いて言う。

「助かります」

警察署長ヒメネス大佐は、オープンカーで夜九時に雷ロータリーに到着する。

「捕まったのか?」ベラウンサランが問いかける。

逃亡者たちの車から発見されたのは死者一名、負傷者一名だけで、どちらもクシラットではないことを知らされると、ベラウンサランは具体的な指示を出す。

「メサは電報局へ行って、私の名で日本皇帝に弔電を打て。ボルンダは闘鶏場へ行って、私が到着するまで始めるなと伝えろ。ヒメネスとカルドナは私と一緒にベントサへ行く。退路を断たねばならん、あの……」クシラットをおぞましい言葉で形容する。

これから生贄にされるとも知らず眠る動物のようなクシラットのブレリオは、ベントサの平原にガソリン満タンでのんびり佇んでいる。

吠える獣のように目から火を吹くヒメネスの車は、月夜のもと、癇癪持ちの集団を乗せて、狂犬のコーラスを後に残しながら、無防備な獲物に向かって飛ぶように駆けていく。

飛行機の脇まで来ると、ベラウンサランはガラスのような目でこれを見つめ、車から降りてヒメネスに命じる。

「ピストルを寄こせ」

服従心に逸《はや》るあまり、ヒメネスはピストルを弾薬帯に絡ませ、必死にもがいて引き離した後でようやくボスに手渡す。

ベラウンサランは飛行機に向けて全弾発射する。

ブレリオは倒れないが、開いた穴からガソリンが血のように流れ出る。

射撃で怒りを静めたベラウンサランは、ヒメネスに向かって指示を出す。

「火を点けろ」

ヒメネスは軍人風に敬礼し、運転手役の軍曹のほうへ向き直って指示を伝える。

「火を点けろ」

軍曹は敬礼して答える。

「わかりました、大佐」

飛行機に近づいてマッチを擦り、これを翼に近づけたところで彼の姿は焔に飲み込まれる。

ベラウンサランは軍曹と飛行機が燃え上がる様子をしばらく眺めている。そして満足そうにヒメネスとカルドナのほうへ向き直り、生贄の儀式に震え上がった二人にかまうことなく言う。

「闘鶏場へ向かうとしよう。運転は私がする」


その日の夜、ペレイラはクシラットの母代わりになった。憔悴しきっていたクシラットは、スツールにへたりこんでぼんやり眺めていることしかできなかったが、ペレイラのほうは、むさくるしい部屋を開けて石油ランプを灯した後、椅子を組み合わせてベッドを作り、その上に古い帆布と棕櫚の葉を掛けた。仕上げに、近くの安食堂へ行って魚介スープを調達すると、クシラットはそれを貪り食った。

「快適なベッドではないでしょう」食事の様子を見守りながらペレイラが言う。「枕もありませんし」

クシラットは皿を脇に置いて打ち明ける。

「実は今日、大統領暗殺を試みたんですよ、ペレイラ。未遂に終わり、顔も見られてしまいました。すでに飛行機には見張りがついているでしょうし、あそこへ行く気にはなれません。仲間の二人がどうなったのかもわかりません。死んだかもしれません。私も捕まれば銃殺刑でしょう。島から出たいのですが、どうすればいいかわかりません」

ペレイラは茫然とする。クシラットは最後の問いを投げかける。

「私の置かれている状況がわかりますか？」

ペレイラは頷く。

「通報する必要があるとお考えであれば、どうぞ警察に私の居場所をお伝えください。もう身を守る力はありませんし、抵抗するつもりもありません。それに、私を匿ったりすれば、あなたも身を危険に晒すことになります」

ペレイラは寛容な心に衝き動かされて立ち上がる。

「あなたを警察に突き出すなんてとんでもない。木曜日までは誰も来ませんから、安心してここでお過ごしください。木曜日に練習がありますが、それまでに何か解決策を見つけましょう。私を信頼してください。食事や枕、服、できればベッドも調達してきます」

クシラットは感動して黙ったまま涙を流し、それを見てペレイラも泣き出す。

枕代わりに折り畳んだジャケットにクシラットが頭を乗せて目をつぶり、眠れるはずもないのに眠気が訪れるのを必死に待つ間、ペレイラはランプを消して部屋を出る。ドアを閉めて南京錠を掛けた後、ポケットに鍵をしまって帰路に着き、夜の出来事を振り返りながら、いくつかの細部を満足げに噛みしめつつ、自分に向かって言い聞かせる。

「あなたを警察に突き出すなんてとんでもない……　私を信頼してください……　何か解決策を見つけましょう……」

闘鶏ではベラウンサランにツキがない。

自分の鶏が闘鶏に敗れて斃《たお》れ、札束が手を離れて闘鶏場の反対側へ流れる様子を見ているうちに、こらえきれなくなって、ほとんど卒中患者のような赤ら顔で席を立ち、囲いに踏み込んで軍鶏の死骸をつまみ上げると、首をひと噛みして頭を引きちぎる。

「ベラウンサラン万歳！」噛みちぎった首を吐き捨て、血に濡れた口を手の甲で拭う英雄の姿を見て、人々は喝采する。

「どこへ行っていたの？」部屋に入ってくる夫を見てベッドからエスペランサが訊ねる。

「訊かないでくれ」力強くペレイラは言う。「答えはしないから」

ベッドの脇まで来ると、一気にシーツを引きはがし、裸で震えたまま目をつぶって哀願する妻の姿を剥き出しにする。

「乱暴なことはやめて！」

暗闇でペレイラとエスペランサは天井に目を凝らすが、何も見えない。

「ガルバソは急用で出て行ったわ」エスペランサが言って、しばらく間を置いてから続ける。「警察署から呼び出しがあったの」また間を置く。「容疑者の尋問だって」

ペレイラは瞬きもせず天井を見続ける。エスペランサは欠伸をしてベッドで寝返りを打ち、夫に背を向けて眠りに落ちる。ペレイラは心の中で繰り返している。

「とんでもない、あなたを警察に突き出すなんて」

26 どうすればいいのかわからない

クシラットが固い即席ベッドを軋ませて寝返りを打ち、棒を組み合わせた壁に月光が落とす影を見つめる。

外では犬が吠えている。

中では蚊が唸っている。

汗が流れる。隙間からネズミが入り込んで部屋を横切り、別の隙間から出て行く。猟犬に追われているようだが、なんとか逃げおおせたらしい。喉が渇く。立ち上がり、ペレイラが水を汲んでおいてくれた鍋を手探りで苦労して探す。両手で持ち上げて勢いよく飲む。息を荒げて口を拭っている時になって、鍋にゴキブリが浮いていることに気づく。吐きそうになる。気持ちを落ち着けてベッドに戻り、重病でも患ったように呻きながら横になる。このクシラットがゴキブリを飲みそうになるなんて！　相変わらず眠れない。

一世紀とも思える時間が流れる。突如奇妙な物音が聞こえ、驚いて身を起こす。小屋の外で何かが動いている。壁の向こうに怪しい影が見える。先史動物の咆哮が耳に届く。壁を打ちつける鈍い音が聞こえ、倒れるかと思われるほど小屋が揺れる。クシラットは立ち上がり、神経を張りつめて拳銃を抜く。獣がまた吠える。クシラットは笑う。壁に背をこすりつける豚だった。クシラットは少し落ち着いてまた横になり、豚に翻弄された小屋のなかで悪夢の海へ沈んでいく。

クシラットは目を開ける。部屋の様子が一変している。隙間から光が入る。だいぶ涼しくなっている。蚊はすでにいない。外ではいろいろな音が交錯している。クシラットは起き出し、壁際まで行って隙間から外の様子を窺うと、大きな雌豚が乳を求めて寄りつく子豚から逃れようとしている。羽毛の少ない雌鶏が繊細な足取りであてもなく歩き回り、最悪の事態でも待ち受けるように神経質に頭を振る。

隣の小屋からぼろ服姿で髪を振り乱した細身の黒人女が現れ、地面にトウモロコシを撒きながら言う。

「コチ、コチ、コチ……」

豚と雌鶏が近寄り、トウモロコシを奪い合う。黒人女は囲い場の隅へ行き、ペチコートを持ち上げて腰を下ろす。

その時クシラットは、痩せた若い犬が耳を立てて尻尾を振り、目を光らせて彼のほうを見ていることに気がつく。


ペレイラは神秘のベールを纏ってチェストを開け、一番上等な下着と肌着、そしてドン・カルリートスのおさがりにもらった栗色ストライプ入り白シャツを取り出す。すべてをブリーフケースにしまって洗面台へ向かい、少し考えて、カミソリと石鹸の半分も持って行くことにする。エスペランサが濡れたまま無造作に椅子の上に放り出していった刺繍入りのタオルを悲しい目で見つめた後、ブリーフケースを閉じる。


『エル・ムンド』の伝えるニュースは今年一番の衝撃だった。「穏健党員、宮殿爆破を目論む」を越えていた。死者一名、負傷者一名、一人が逃走中、車二台が破壊され、日本大使が爆死、飛行機は焼却処分。

朝食のテーブルでドン・カルリートスは失神しそうになり、ココアが腹にこたえた。

「大統領にペペを紹介したのはこの私だ！　君が彼をパーティーに招き、二人で日曜の狩りにまで連れて行ったのに！　大変なことになったぞ、アンヘラ！　あの男、気でも狂ったのか、こんなことになれば、真っ先に被害を受けるのは我々だというのに」

アンヘラは黙っている。見出しの二行目、「警察が全力をあげて犯人を追跡中」の文字が目から離れない。

パコ・リドルエホが負傷して警察に拘束されたことを知って、アンスーレスは一家の所有する農園に向かった。

「口を割るにちがいない」彼は思った。「きっとみんな罪人にされてしまうことだろう」

もっと知略に長けたバリエントスは、二日分の着替えと巨額の信用状を持ってイギリス大使館に逃れた。

「情勢の定まらぬうちは」彼はサー・ジョンに向かって英語で言った。「ナバラ号が到着次第、乗船して国を逃れているつもりです」

カフェ・デル・パポールでニュースを読んだマラゴンは、馬車を調達して、アンヘラに会いに行く道すがら考えていた。

「この世の終わりだ！　ここから追い出されたら、私はどこへ行けばいいんだ？」

アンヘラは不在だった。クシラットを探してケブラーダへ行っており、管理人から、「お客様たちはいらしておりません」という最悪の報告を受けていた。

悲嘆に暮れて車に乗り、プエルト・アレグレへ戻った。マラゴンに会いに行ったが、彼はまだ彼女を探していて不在だった。アレパ銀行では、バリエントスは所用で外出中だと言われた。アンスーレスには会おうとさえ思わなかった。ようやくマラゴンに会えたのは一二時半頃だった。

顔に石鹸を塗って、ペレイラの指示通りにカミソリを動かしながら、クシラットが髭を剃っている。剃り終えて彼は言う。

「一つお願いできますか。もう一つ、と言ったほうがいいですね」

「鏡が必要ですか？　今夜にでも持ってきます」

「もう一つ」

「何なりと」

「アンヘラの家へ行って、誰にも気づかれぬよう、私が無事だと伝えてもらえませんか」

「そんなことならお安い御用です」

ボヘミア風に飾った部屋の曇った鏡を見ながらマラゴンは、一〇年にわたり経験を積んだ者らしく、落ちた歯を実に手際よく元の位置に戻し、接着剤で固定する。アンヘラは隅に立ったまま緊張の面持ちで様子を見つめている。

「こういう問題では慎重にも慎重を期す必要があります」マラゴンが言う。「ささいな質問でさえ命取りになりかねません。ましてや私など！　ぺぺが苦境に立たされていることは明らかです。まだ捕まっていないことも確かでしょう。我々にできることといえば、警戒を緩めず、新聞で情報を追い続けることだけです」

アンヘラは癇癪を抑える。これ以上この男と話しても無駄だとわかり、立ち去ろうとするが、マラゴンが行く手を塞ぐ。

「まあまあ、アンヘラさん、そんなに怒らないで！　私に通りへ出てクシラットの安否を訊ねろと言うのですか？……　あるいは彼を探して来いとでも？　それは警察の仕事です。それに、もし仮に見つけたとしても、パコ・リドルエホがすでに口を割っていれば、我々が見張られていない保証はありませんよ」

アンヘラは必死に嗚咽をこらえようとするが、思わず泣き出さずにはいられない。マラゴンは武骨な手つきで彼女の頬と肩を撫でて慰めようとする。

「もう死んでいるのだわ」苛々とハンカチで涙を拭きながらアンヘラが言う。そしてまた優しい調子に戻る。「ケブラーダへ逃げる予定だったのに、着いていません」

マラゴンは彼女をじっと見つめ、珍しく勘が冴えたように言う。

「彼を愛しているのですね？」

アンヘラは老人の目を避けて質問には答えないが、彼の勧める古ぼけた竹細工の椅子に座る。少し間があって、暗黙の了解ができつつあるのにうんざりしたのか、マラゴンは沈黙を破って順応主義の哲学を披露する。

「いいですか、我々に何ができます？　彼の身に何かあって新聞が報道しないとすれば、それは警察が止めているからですし、警察が止めているとすれば、それなりの理由があるからでしょう。だとすれば、手の打ちようがありません。遅かれ早かれ事実は知れるのですから、じっと待っているほかはありません」

アンヘラはハンカチで鼻を拭い、横目で壁を見る。

「会いたくないわ」アンヘラは使用人に言うが、玄関ホールに入ったところで、その会いたくない相手が椅子に座っていることに気づく。「こんにちは、セニョール・ペレイラ。急いでいますので」

「一分で済みます、セニョーラ、急用です」

やむを得ずアンヘラはペレイラについてくるよう合図し、音楽室に入って帽子を脱ぎながら言う。

「お掛けください」

座ったところで、初めて彼の姿がいつもと違うことに気づく。

「クシラット技師から、無事である旨お伝えするよう仰せつかりました」

これまで何度会ってもほとんど気に留めることのなかったペレイラに、喉から手が出るほど欲しかった知らせを伝えられて、アンヘラは一瞬何も信じられない。ようやく状況を飲み込むと、彼女は身を乗り出して相手の襟元にすがり、小声で訊ねる。

「彼に会ったのですか?」

彼は熱のこもったその眼差しを正面から受け止め、思わず得意げな顔で言う。

「ええ、セニョーラ、私が匿っています」

アンヘラがペレイラの襟元から手を放す。

「傷は?」

「無傷です」

ペレイラはますます誇らしげになる。

「会うことはできますか?」

ペレイラは一瞬考えた後に言う。

「いえ、セニョーラ」

「なぜ?」

「技師からそのような指示は受けていません。危険すぎるとお考えなのでしょう」

アンヘラは状況を受け入れるのに少し時間がかかる。そして、強い意志を込めてペレイラの目を見つめながら言う。

「それでは、あなたの助けさえあれば、セニョール・ペレイラ、クシラット技師に危害が及ばぬようにしてみせます。何としても、無事彼をアレパから救い出しましょう。我々の命と引き換えにしてでも。助けてくれますか、セニョール・ペレイラ？」

ペレイラは、自分が頼りにされていることに感動して喉を詰まらせながら答える。

「もちろんです、セニョーラ」

アンヘラは親しみを込めて彼を見つめ、微笑みで感謝の気持ちを伝える。

27 誰も千ペソの誘惑には勝てない

イグナシオ・レドンドが代表を務めるプエルト・アレグレ商業組合は、ベラウンサランに協力的な姿勢を示すためもあり、また、暗殺未遂との関連や実行犯への共感をうかがわせる痕跡を消し去る意図もあって、『エル・ムンド』の事務所で行われた《略式セレモニー》で、クシラット技師の逮捕に繋がるあらゆる情報に対し、千ペソの報奨金を提供する、と発表した。

翌日、報奨金の知らせは新聞に掲載され、到着の日に飛行機から降りたところで撮影されたクシラットの写真が添えられた。ペレイラはクシラットとともにこの記事を読み、その後学校の授業へ向かった。

「家から出てはいけませんよ」出掛ける前に彼は注意した。

教室でペレイラは、厳しい態度を見せて生徒たちを驚かせた。ティンティン・ベリオサバルに対しては、警告を発して退室を命じた。

「二度と戻って来る必要はありません。今日をもって君は落第です」

ティンティンは母親に事情を訴えたが、予想に反して母親は息子の言葉を遮った。

「よかったわね。それ以上文句を並べるのはやめなさい。あなたはアメリカ合衆国の軍人学校に寄宿生として送ることにします」

ティンティンは黙り、ドン・カルリートスはこの件について何も知らされなかった。

その日の夜、ドニャ・ソレダッド邸の居間でチェス盤にコマを並べていたペレイラは、入ってきたばかりのガルバソが、イノシシの牙に帽子を掛けた後、疲弊した様子で居間を横切って彼の前に座る様子をこっそり窺っている。

「どうしたんですか?」ペレイラは訊く。

「鳴く前にカナリアに死なれちまった」泣きそうな顔でガルバソは言う。彼が人間らしい感情を見せるのはこれが初めてだった。パコ・リドルエホの死をこれほど悲しむとは、誰に予想できたことだろう。

ペレイラが哀悼の言葉を述べると、ガルバソは死に様のおぞましい細部まで詳しく語り始める。

「これからどうするのですか？」ペレイラが訊ねる。

ガルバソは肩をすくめる。

「大統領が飛行機を燃やしたのが運の尽きだよ！　負傷者が死んで、唯一のトラップだった飛行機が燃えちまえば、あとは犯人が出てくるまで待つしかないから、完全にお手上げだ」話しながら彼はだんだん勢いづいてくる。「まあ、それも時間の問題だろう。クシラット技師は死ぬまで隠れていられるようなタマじゃないから、いずれアレパを脱出しようとするだろう。アレパから出国となれば、方法は数えるほどしかない。ナバラ号に乗り込むしかないだろう。ナバラ号は明日到着するから、そこで捕まえればいい。不愉快なのは、俺も事件の解決に一役買いたかったのに、あのひょろひょろが簡単に死んじまったせいで、手の出しようがなくなったことだ」

ペレイラはポーンを動かす。ガルバソはナイトに手を掛けるが、動かす前に言う。

「だが、もう一つ可能性がある。誰かのタレコミだ。だってな、ペレイラ、この国にはいない、いいか、よく聞けよ、千ペソの誘惑に勝てる奴はこの国に一人もいないんだ」

ペレイラは唇を引き締め、重大な真実を聞いた哲学者のような表情で頭を動かす。

ガルバソはナイトを動かしながら言う。

「いいぞ」

両者はじっと盤面を見つめる。

ペレイラは話を伝えにアンヘラのもとへ駆けつけた。パコ・リドルエホが口を割る前に死んだこと、ナバラ号は罠であること、そしてアレパには千ペソの誘惑に勝てる者は誰もいないこと。レディ・フィップスのおかげでアンヘラはバリエントスの居場所を突き止めており、鏡台から宝石を取り出してハンドバッグに詰めると、イギリス大使館へ面会に行った。パコ・リドルエホが何も話さず死んだことを知ったバリエントスは、政治亡命の方針を撤回して日常生活に戻り、早速いつもながらの如才なさを発揮して有利な取引をせしめた。一〇万の価値はある宝石を三万で買い叩いたうえ、彼女もクシラットもマラゴンも、バリエントスがあの忌まわしい夕食に出席していたことを決して口外しない、という重大な約束を取りつけたのだ。

豚の持ち主で、痩せた黒人女の夫フェリペ・ポルトゥガルは、月夜に浜辺で歌っている。

俺は陽気な男
夜明けまで歌ってる
ワインのボトルと
カードを手に

同じ砂浜の、その声が届くところにクシラットとペレイラが寝そべり、二人の黒人が蟹を捕まえながら涼を取る様子を眺めている。

「ペレイラ君」クシラットは言う。「僕は失敗者です。奴を三回も殺そうとしたのに。最初の時は三人の穏健党員の命が失われ、二回目は僕の恋人が犠牲になり、三回目には、僕の知る限り最も偉大な男の一人だった執事と幼少からの大親友が命を落とした。首謀者の僕が生き残って、小屋に匿われて、初めて貧民を見て、眠るに眠れず、挙げ句の果てにわかったのは、何をどうしても貧民は貧民で金持ちは金持ちだということ。仮に僕が大統領になって、いろいろなことをしたとしても、貧民に金を分け与えることなんか思いつきもしなかったことでしょう。だとすれば、大統領が殺人鬼であろうがなかろうが、たいした問題ではないのですね」

「私はそんなこと気にしたこともありません」注意深く話を聞いていたペレイラが言う。

「賢明ですね」クシラットが言う。「さらに悪いことに」彼は続ける。「もう二度と暗殺を試みる気にはなりません。あの日の夜、僕が一番震え上がったのは、ベラウンサランの腹に六発も撃ち込んだのに、奴が倒れもしなかったことです。今になってみれば防弾チョッキだとわかりますが、あの時は黒魔術だと思いました。あの男とは二度と関わり合いになりたくありません。なぜ最初あの男を始末しようと思ったのか、今では思い出すこともできません。というわけで、もう殺意は消えましたが、不幸にして、時すでに遅しです。アレパにとどまっても殺されるし、逃げても殺される……しかも最悪なことに、僕は死にたくない。臆病なのです」

「いいえ、そんなことを言うものではありません。あなたは私の知る限り最も勇敢なお方です」

クシラットは立ち上がり、海に石を投げる。そしてペレイラに近寄って言う。

「僕は臆病者です、ペレイラ。自分で自分の身を守る能力があるとも思えないし、何とかして生き延びようとも思わない」

ペレイラも立ち上がり、重々しい口調で言う。

「心配はいりません。何をする必要もありません。ドニャ・アンヘラと私が手筈を整え、ここから脱出できるようにします。外国で安心して生きていけることでしょう」

クシラットは一瞬だけ相手を見つめてまた言う。

「僕は死にたくありません」

ペレイラは慰めるような調子で言う。

「いいですか、クシラットさん、この国で千ペソの誘惑に勝てる者はいないのです」

28
ナバラ号の出航

だが、アンヘラがヒメネス大佐の机に置くのは、千ペソでなく一万五千ペソであり、そのうえこんなことまで言う。

「命乞いの費用です、大佐。我が友の無事が確認でき次第、残り半分をお渡しします」

「セニョーラ」札束を手に取って机の引き出しにしまいながらヒメネスは言う。「私は誠実な男です」

相手がごろつきだとわかっているアンヘラは、顔に笑みを浮かべて言う。

「疑っているわけではありません、大佐。今は持ち合わせがないだけです。あと三日で全額調達できます。私も同じく誠実な女です、大佐。私の言葉が信じられないとでも？」

これ以上はとれないと見て取ってヒメネスは態度を和らげ、たとえ《現物支給》であれいつか残りが支払われることを期待して締めくくる。

「セニョーラ、お友達が問題なく船に乗れるよう、私が責任を持って手配します」

アンヘラは立ち上がる。思いもよらぬ相手の動きに意表を突かれ、ヒメネスも反射的に立ち上がる。

アンヘラが手を差し出す。

「ナバラ号がグアイラに着いて、約束どおり事が運べば、私に電報が届くことになっていますから、その後残りをお届けします」

ヒメネスはアンヘラの手を握り、ドアまで付き添って行くが、途中で椅子に邪魔されて転びそうになる。

彼女が立ち去ったことを確認すると、ヒメネスは電話へ駆け寄って大統領と連絡を取る。

「大統領、お知らせがあります……　手下たちの情報によると、クシラット技師は明後日夜八時半にナバラ号に乗り込むそうです。どうしましょうか？」

執務室にいたベラウンサランは、受話器を片手に、自分の銅像を見つめながら少し考えた後に告げる。

「何もする必要はない、ヒメネス。これ以上犠牲者を増やすと国民の不安が爆発する可能性がある。行かせてしまえ。その時間の警備を解かせろ」

「わかりました、セニョール」電話の向こう側でヒメネスは答え、驚きで眉を吊り上げながら電話を切ったものの、唇から思わず笑みが漏れる。そして歓喜で両手を合わせて叫ぶ。「あと一万五千ペソ頂きだ！」

さらに、いてもたってもいられず不気味なダンスを踊り始める。

翌日午後五時、潮の流れに乗ってナバラ号がプエルト・アレグレ湾に入港する。そのハッチに、間近に迫る大統領就任式祝賀セレモニー用にベラウンサランが注文したワインが積まれている。

レドンド商会では、オーナーのドン・イグナシオ自らドニャ・アンヘラに応対し、その後長きにわたってプエルト・アレグレの噂の種となる品々を取り揃える。薄手のスーツ二組、タキシード、レインコート、旅行帽、イギリス製ポプリンのシャツ一二枚、そして彼女が注意深く選んだネクタイ六本。紳士服だが、サイズがドン・カルリートスと違う。

報道伝道社の検閲版『二都物語』を添えたうえで、彼女は革製のトランクにすべてを詰め、最高級のA船室まで送り届けるよう命じて、運転手に託す。

「クシラット用の服じゃないか？」その日の夜、レドンドはドニャ・セグンダに訊く。

翌日彼は警察署に赴き、報奨金千ペソが浮くのではないかと期待して情報を提供する。ところが相手にもされず、戯言でも口にしたかのように邪険に突き返される。

アンヘラの愛人がいったい誰なのかもわからず、この一件は彼の人生の最後までつきまとう謎となる。

カイマン岬でペレイラとクシラットは別れを惜しむ。数メートル先の海にはボートに乗った黒人がおり、湾を横切ってナバラ号の停泊する場所までクシラットを連れて行くことになっている。

クシラットはペレイラを抱き寄せて言う。

「ペレイラ、どんなにお礼をしてもしきれないほどですが、ここに少しばかりお金の持ち合わせがありますから、受け取ってくれれば私にとっても厄介払いになります」

財布を取り出して金を渡そうとするが、ペレイラは受け取らない。

「一銭たりとも頂くつもりはありません。安心して行ってください。お役に立てただけで十分満足です」

「何かお気に召すようなものを差し上げたいのですが、あいにく何もありません」クシラットはこう言ったところで思い出す。「そうだ、あることはある」

そして拳銃を差し出す。

「この拳銃です。もはや私には無用の長物です。思い出に取っておいてもらえませんか？」

恍惚としてペレイラは銃を見つめ、貴重品でも扱うように両手で受け取る。クシラットは満足げに見つめている。

「お気に召したようですね？」

ペレイラは首を縦に振って頷き、感謝の目で相手を見つめ返す。クシラットは両手を広げる。

「最後の抱擁です、ペレイラ、もう二度とお会いすることはないかもしれません」

二人は感激して抱き合う。そしてペレイラが崖の縁までクシラットに付き添い、彼が素早くボートに飛び移る様子を見つめる。

黒人はオールを動かし、ボートは遠ざかっていく。立ったまま岸のほうを見つめていたクシラットは、最後のお別れとばかり手を振った後、反転して、前方を見つめたまま座る。

クシラットが背を向けたところで、ペレイラは手に持った銃を見つめ、ポケットにしまった後、静かな海を横切って遠ざかっていくボートのシルエットに目を戻す。やがてボートは夜闇に消える。


窓辺に立ったアンヘラが、闇夜を進むナバラ号の灯りを見つめている。そして窓を閉め、額に手を当てて考え込むその顔には、満足感と悲しみが入り混じっている。


翌日、ナバラ号は陽気に波を切って進む。

甲板では、アンヘラがレドンド商会で買った旅行帽とコートを身に着けたクシラットが折り畳み椅子に身を横たえ、『二都物語』を読んでいる。

女性が一人甲板に現れ、船の揺れに足をとられながらしばらく進んだ後、欄干に寄りかかって海を見つめる。

クシラットは本から目を上げて女性を見る。そっと本を閉じて立ち上がり、少し進んで欄干に寄りかかって海を眺めながら、横目で女性の顔を窺う。悪くない。

29
いくつもの勝利

義母の家の裏庭で、朽ち果てた家具とゴミ山の間に的を据えたペレイラは、狙いをつけて銃を発射する。

隣人たちは警戒して言う。

「ヴァイオリンが銃を持ち出したぞ」

そして預言者めいた調子で言う。

「そのうち雛鶏でも撃たれるぞ」

エスペランサとソレダッドは、震え上がって叱責の色を目に浮かべ、両手で耳を覆って台所のドアから射撃練習を見つめている。

ペレイラは的に近寄って穴を探すが、見つからない。不思議に思って周囲を見渡し、銃弾の跡を探すと、塀に穴が開いている。

「撃ち方も知らないのに撃つのはおよしなさい」義母が言う。

がっかりしてペレイラは家に戻り、クローゼットに銃をしまう。

一九二六年の大統領選挙はアレパ史上もっとも平穏だった。誰も投票せず、唯一の候補の当選が決まった。勝利の知らせがベラウンサランのもとに届く前から、ワインのボトルが開けられ、子豚の丸焼きの準備が始まっていた。祝賀会には、『エル・ムンド』の言う五〇〇人の「親しい友人たち」が出席し、そのなかには、ドン・カルリートスとゴンサレスとバリエントスが混ざっていた。ご婦人方は招待されず、家で不機嫌に待っていたドニャ・クレセンシアーナに向かって後にドン・バルトロメが言ったとおり、紳士たちは素晴らしい一夜を過ごしたのだった。

一二月二八日の幼子殉教者の記念日に行われることになっていた終身大統領就任式の二週間前、一二月一五日には、湾に入港するナバラ号の乗船客に、フランスの著名な古参ジャーナリストで、その名と裏腹にムッソリーニを称揚するギィエルモ・フェロソが混じっており、ラテンアメリカの進歩主義政権について、「太陽の地における光」というタイトルで一連の記事を『リリュストラシオン』紙に寄稿する任務を請け負っていた。これを受けてベラウンサランはインタビューに応じ、彼の政権がこれから着手しないことを概略した。そのうえで、ツバ広帽子を被って鹿狩りに繰り出す姿と、テニスネットの脇で白服にラケットを手にした姿で写真撮影を許し、ジャーナリストから、力強い顎と《あの世》まで見透かすような目を備えた頼もしい男と形容された。

　大統領就任式当日、朝の遅い時間に起き出したペレイラは、着替えを済ませてポケットに拳銃を忍ばせ、鏡に裸体を映していた妻に一声かけて家を出る。

「今日は昼食には戻らない」

　彼女は悲しい顔になる。

「もう私を愛してないの？」

「愛しているとも。でも食事には戻らない」彼は答え、他のことを訊かれる前にさっさと部屋を出る。

　エスペランサは口を半開きにしたまましばらく呆然としているが、再び鏡で自分の姿を見て口を閉じる。

　ペレイラが歩道の野次馬に混じって元帥の到着を待っていると、スーツ姿でランドー馬車から降りたベラウンサランが議会へ入っていく。国旗を身に纏ってまた出てきた彼が再びランドー馬車に乗り込んだと見るや、人ごみに紛れてその後を追い、三つの十字通りからプラサ・マヨールへ出る。やがてベラウンサランは宮殿に入り、少し後でバルコニーへ出て演説を始めるが、ペレイラは聞いていない。

その後、カフェ・デル・バポールのテーブルから、新しい車に乗って通り過ぎる大統領の姿を目にする。ペレイラは落胆して五時に帰宅するが、伝言を耳にして活気づく。

「楽団のキロス先生がお見えになったわよ」顔に暗黙の叱責を込めてエスペランサが言う。「明日カジノで大統領を招いて行われる晩餐会で演奏するから忘れないように、って」

ペレイラは微笑む。


ドン・カルリートスとドン・バルトロメ・ゴンサレスとバリエントスを代表とする穏健党員が、党公認候補の当選と終身大統領就任、そして対立の解消を祝して、ベラウンサランに晩餐を振る舞う。テーブルには、特権にありつこうとする金持ちと粗野な政治家が入り混じっている。ホテル・イングラテラから派遣された一四名の給仕が、オードブル、クレッソニエール風スープ、魚のバターソース、鶏肉のアーモンドソース、ビーフブルギニョン、フランドルチーズを次々と運んでいく。ナバラ号に運ばれてきた妙に渋いワインが食事に彩りを添えると同時に、キロス氏の指揮する管弦楽団の繰り出すメロディーが心を和ませる。

実際には、鶏肉を半分食べ終えたところでベラウンサランが楽団にリクエストを出したため、ビーフブルギニョンとフランドルチーズには誰も手をつけぬままとなった。

「『エストレジータ』を弾いてくれ」

これも運命の綾なのか、第一ヴァイオリンのキロス氏はこの曲を知らなかった。キロスの承諾を得てペレイラが楽団の正面に進み、人生最初で最後となるソロを披露した。彼の演奏が上手かったという者は誰もいない。心を込めて弾いたせいか、大統領は涙を流した。たいそうお気に召したらしく、曲が終わると、大統領はベストのポケットに手を入れて二〇ペソ札を取り出し、演奏者にそばへ来るよう指示した。

ペレイラは、左手にヴァイオリンと弓を持ってベラウンサランのもとへ近寄ると、お辞儀をしながら左手の指で札を受け取ると同時に、右手を胸にあてて拳銃を抜き、チップをくれたベラウンサランの頭にほぼ垂直にこれを突きつけて、スポイトから一滴ずつ液でも垂らすように注意深く、弾倉に込めてあった六発すべて発射する。

ベラウンサランは皿の上に突っ伏し、テーブルクロスを汚した。

その夜、あまりの驚きに金持ちたちは、新終身大統領カルドナのほうがはるかに御しやすいと気づくまで二四時間以上もかかった。

クシラットが出国して以来、アンヘラは身も心も慈善事業に捧げ、増える一方のドン・カルリートスの資産を惜しみなく注ぎ込んだ。午後には、音楽を聴く代わりに様々な計画を練り、毎日のようにパルメサーノやイナストリージャス神父と自分の寝室で話し込んでいる。ペピータ・ヒメネスが死んだ場所に近い壁には、銃殺刑に処される直前に処刑場で撮影されたペレイラの写真が額に入れて飾られている。現在アレパでは、この写真が絵葉書となって売られている。

訳者あとがき

時の流れは残酷なもので、ラテンアメリカ文学界に衝撃を走らせた一九八三年一一月二七日の悲劇について知る者は、ラテンアメリカ文学の専門家のなかでさえ次第に少なくなりつつある。前日二六日深夜にパリのシャルル・ド・ゴール空港を飛び立ったアビアンカ航空AV一一便のボーイング747機が、翌二七日午前一時過ぎ、マドリード・バラハス空港への着陸寸前に墜落、乗員乗客一八一名が犠牲になり、その一人は、二〇世紀後半のメキシコ文学を代表する作家ホルヘ・イバルグエンゴイティアだった（享年五五歳）。数日後にコロンビア政府の主催する文化イベントがボゴタで開かれる予定になっていたため、イバルグエンゴイティアとともに招待を受けていた作家・批評家三名——コロンビアの女流作家マルタ・トラーバ、その夫でウルグアイ出身の著名批評家アンヘル・ラマ、ペルーの作家マヌエル・スコルサ——が同じ便でヨーロッパからボゴタへ向かう途上にあり、全員この事故で命を落としている。

他の犠牲者の功績を軽んじるわけではないが、イバルグエンゴイティアの死はラテンアメリカ文学関係者にとってとりわけ大きなショックだった。メキシコ中部の売春宿で起きた殺人事件をコメディに仕立てた問題作『死んだ女たち』（一九七七）で大成功を収めていた彼は、この時まさにキャリアの絶頂期にあり、七〇年代末にはパリに拠点を移して、皇帝マクシミリアンと王妃シャルロットを中心にメキシコ第二帝政（一八六四―一八六七）の内幕を描く歴史小説を執筆中だった。ボゴタのイベントに招待された時も、当初は執筆を優先して欠席の予定だったが、直前に思い直して参加を決めたことで、彼の命とともに、進行中の草稿も失われた。

メキシコ文学は一九五〇年代後半から六〇年代末にかけて「黄金時代」を迎えるが、その中核を担ったのは、一九二八年から一九三五年までの七年間に生まれた作家であり、カルロス・フエンテス（一九二八―二〇一二）を筆頭に、エレナ・ポニアトウスカ（一九三二―）、セルヒオ・ピトル（一九三三―二〇一八）、フェルナンド・デル・パソ（一九三五―）と、四人のセルバンテス賞作家を輩出している。一九二八年生まれで、年齢的にはフエンテスと並んでこの世代の牽引役となるべきはずのイバルグエンゴイティアは、批評家クリストファー・ドミンゲスが論じたとおり、マージナルな存在であり、常に我が道を行く「変わり者」だった。アイデンティティの探求、魔術的リアリズム、手法的実験、メタフィクションといった六〇年代以降のメキシコ・ラテンアメリカ文学を特徴づける要素とほぼ無縁だったせいで、「公的文学史」の流れに位置づけることができず、しかも、公私ともに諧謔的態度と唯我独尊を貫いたことで、作家や批評家から白い目で見られることもあった。ブームを盛り上げていたフエンテスとは一線を画し、文芸雑誌『ブエルタ』の編集長だったオクタビオ・パスにさえ、時に歯に衣着せぬ物言いで愚弄の言葉を向けることがあった。権力や名声に媚びることのないイバルグエンゴイティアの辛辣なアイロニーは、メキシコ文学、いや、ラテンアメリカ文学でも唯一無二であり、彼の早すぎる死は甚大な損失だった。幸い、フアン・ビジョーロやドミンゲスといった有力作家・批評家が現在まで彼の作品に惜しみない賛辞を寄せ続け、メキシコの出版社のみならず、スペインの大手RBA社などが今も彼の作品を再版し続けるなど、イバルグエンゴイティアの文学遺産は現在までスペイン語圏各地で受け継がれている。

ここに訳出した『ライオンを殺せ』（一九六九）は彼の長編第二作であり、ラテンアメリカ文学に脈々と流れる「独裁者小説」の系譜を汲む作品だが、ここでも、ビジョーロが指摘したイバルグエンゴイティアの特質、「出来事と距離をとった語り、斜に構えたアイロニー」がいかんなく発揮されていると言えるだろう。狡賢い独裁者ベラウンサラン元帥の鉄面皮ぶりや、権力者にすり寄るブルジョアたちのあさましい奔走が赤裸々に暴き出されているのはもちろんだが、英雄的気取りで独裁者の暗殺に乗り出すクシラットや、慈悲心に浸る貞淑な夫人でありながら不遜な態度で独裁者に立ち向かうアンヘラも、作者の毒牙を免れてはおらず、内面に隠れた愚かしい虚栄心や低俗な自己保身が浮き彫りにされる。「イバルグエンゴイティアはバスター・キートンのように真顔で我々読者を笑わせる」と評したのはオクタビオ・パスだが、実のところ、人の生死に関わる悲劇的状況にあってさえも容赦なく発揮される彼の諷刺的ユーモアは、時にブラックジョークと紙一重であり、素直に笑っていいものかためらってしまう瞬間も多い。彼の小説が突きつけてくるのは、オルダス・ハクスレーの論じた「全体的真実」であり、表面上の現実に隠れて裏で進行する「不都合な真実」を併せて暴露することで滑稽な状況を生み出すばかりか、どんな善人でも内にさもしい利己心を秘めている事実までまざまざと見せつけられる。イバルグエンゴイティアの諧謔的視点に従えば、この世に純粋な善行や打算のない聖者は存在しないことになり、そんな悲観的厭世観がいつもちらつくせいで、笑うに笑えなくなってしまうのだろう。

そのうえ、持ち前のアイロニーを発揮する時のイバルグエンゴイティアは実に芸が細かく、全知的視点の語り手を通じて、登場人物の及び知らぬ事実を容赦なく読者の前に曝け出す。第28章で展開されるヒメネス大佐とアンヘラのやり取りなどはその最たる例だろうし、善良なアンヘラからもらったサンドイッチをまずそうに少年が吐き出す場面（第7章）や、彼女に拾い上げられた蝶がまた小径に落ちる場面（第12章）など、物語の本筋から逸れる些細な逸話にまで、作者の残酷な冷笑が行き届いている。国から逃げ出すクシラットにアンヘラが贈るディケンズの名作『二都物語』についても、この小説の内容を知る読者なら、ここに込められた痛烈なアイロニーに思わず苦笑を禁じ得まい。

といっても、『ライオンを殺せ』も含め、イバルグエンゴイティアの初期作品において辛辣な批判が向けられた矛先は、主として権威主義的政治家だった。彼の「政治喜劇」の出発点となったのは、一九二八年に起こったアルバロ・オブレゴン大統領暗殺事件を題材に、一九六二年に執筆された戯曲『襲撃』だった。一九八五年三月の『ブエルタ』一〇〇号に掲載された自伝的文章で本人が記しているとおり、イバルグエンゴイティアに文学の道を開いたのは劇作家ロドルフォ・ウシグリであり、メキシコ国立自治大学哲文学部で彼が担当していた演劇制作の授業を履修したことがきっかけで、一九五〇年代半ばから本格的に戯曲の執筆を始めている。最初の二作がある程度の成功を収め、ウシグリから才能を認められて授業の担当を譲られたばかりか、メキシコ作家センターの奨学金も得て、当初は首尾上々の滑り出しに見えたものの、一九五七年には失恋や演出家との確執が重なって挫折を味わい、「自分には対話を生み出す才能があるが、演劇人と対話する才能は持ち合わせていない」ことを痛感する。紆余曲折を経て、歴史的事件に新たな創作の境地を求めたのが『襲撃』であり、六三年にキューバでカサ・デ・ラス・アメリカス賞（演劇部門）を受賞するなど、戯曲自体は一部に高い評価を受けている。だが、メキシコ政府を愚弄する内容を含んでいたこともあり、相変わらず演劇人との不和もあって、作品の上演はならず（一九七五年に初上演）、これでイバルグエンゴイティアは劇作家の道に見切りをつけた。

それでも、『襲撃』の執筆にあたって、メキシコ革命期を生きた軍人政治家の回想録を徹底的に読み漁ったことが、後々まで彼の創作の糧となった。メキシコ革命後期の政治的混乱を背景に、メキシコ革命小説の伝統を踏まえて、権力に群がる日和見主義的将軍たちの醜悪な姿を暴き出した処女長編『八月の閃光』は、六四年にまたもやカサ・デ・ラス・アメリカス賞（小説部門）を受賞した。メキシコでは新進気鋭のホアキン・モルティス社から出版されて大きな成功を収め、数年のうちに七カ国語に翻訳されるなど、彼の名声は国境を越えて世界へ広がった。成功の余波が冷めやらぬうちに着手された『ライオンを殺せ』も、『襲撃』から派生した作品であることを作者自身が認めており、マルティン・ルイス・グスマンの『ボスの影』（一九二九）に代表されるメキシコ革命小説やラモン・デル・バジェ・インクランの『ティラノ・バンデラス』（一九二六）のような独裁者小説とともに、将軍たちの回想録を熟読して学んだ政治家の行動パターンが執筆の重要な指針となっている。

一九七七年一〇月の『ブエルタ』一一号にイバルグエンゴイティアが寄せたコラムによれば、『ライオンを殺せ』の母体となったのは、上演の見通しがまったく立たなかった戯曲『襲撃』を映画化する企画だった。一九六八年のある平穏な日、故郷グアナフアトの自宅で映画用のシナリオについて構想を練りながらぼんやり空を眺めていると、「音の静かな小型飛行機」が目に入り、その姿に魅了される。山並みの向こうへ消える飛行機を目で追っていた彼の想像力は、熱帯の島（参考までに、島の名前となったアレパは、ベネズエラやコロンビアでよく食されるトウモロコシのパンである）に飛行機で降り立つ「ダンディ」、さらには、ピクニック気分で彼の到着を出迎える富裕層へと飛翔し、洒落者《ダンディ》に三度の独裁者暗殺未遂という大役を負わせたところで、映画化の話は消滅して、『襲撃』から別の物語が独り立ちした。あとは、独裁者を「元革命派のデマゴーグで、人気はあるが鉄面皮で高飛車な軍人」に仕立て、この人物とブルジョア階級を接近させれば、物語は自然に出来上がっていった。イバルグエンゴイティアが自ら述べているとおり、『ライオンを殺せ』を支えるテーゼは、「金持ちと権力者は遅かれ早かれ手を結ぶ」であり、メキシコやラテンアメリカのみならず、世界各地で見られる権力と金の癒着、その構図をこれほど明晰に描き出した小説はラテンアメリカ文学でも珍しい。

小説の執筆過程について、イバルグエンゴイティアは次のように述べている。

事件の舞台となる場所を変え、元ネタの大部分を捨てることで、作品は『襲撃』から分離し、まったく別物となった。柔軟で楽しい物語になり、角も取れた。何とかシナリオの形で書こうとしたものの、構想を膨らませるためにはどっしりした散文が必要であるという事実に直面し、最終的に小説に切り換えた。

執筆の続いた五カ月間は非常に楽しかった。ストーリーは単純だが、波乱万丈に満ちている。架空の地を設定したおかげで、どんな住民を住まわせるかも自由に決められる。富裕層はスペイン気取りのグアナファト訛りで話し、デモに繰り出す大衆はコンガを踊りながら通りへ繰り出す。大統領は大の闘鶏マニアで、自分の軍鶏が負けたと見るや、その頭を歯で噛みちぎる。ベリオサバル邸では陰謀を企む者たちがレクンベリ五重奏を演じ、アレパのカジノは穏健党本部になる。後に暗殺者となる善良な市民が、警察の拷問官ガルバソと毎晩のようにチェスに興じる……

発売と同時に様々な反響を呼んだ『ライオンを殺せ』は、商業的には爆発的ヒットとまでいかなかったものの、長期間にわたって定期的に増刷を重ねるロングセラーとなり、英語やフランス語に翻訳されたほか、一九七四年には、ホセ・エストラーダ監督による映画化も決まった。映画版『ライオンを殺せ』は、翌一九七五年に撮影が開始され、七七年にメキシコシティで二週間だけ上映されたものの、興行収入はふるわなかった。試写会に招待されたイバルグエンゴイティアの反応も曖昧であり、「長所も短所もある映画」という表現で言葉を濁したうえで、「シナリオではなく小説を書いて本当によかったとつくづく思う」と書き残している。小説版『ライオンを殺せ』を読めば、巧みな会話文の操作に劇作家イバルグエンゴイティアの手腕が発揮されていることは明らかだが、後のキャリアが示すとおり、彼の本分はやはり物語文学にあり、映画版と小説版の対照は、彼が改めて自己認識を深める契機にもなったようだ。いずれにせよ、小説版『ライオンを殺せ』は、独裁者小説の変奏、政治諷刺小説の傑作としてスペイン語圏を越えて現在まで高い評価を受け続けており、いわゆる三大独裁者小説――アウグスト・ロア・バストス『至高の我』（一九七四）、アレホ・カルペンティエール『方法異説』（一九七四）、ガブリエル・ガルシア・マルケス『族長の秋』（一九七五）――との関連も研究されている。

七〇年代以降のイバルグエンゴイティアは、有力新聞『エクセルシオール』や文芸雑誌『プルラル』、『ブエルタ』にコラムを連載するかたわら、コンスタントに長編や短編を書き続け、オクタビオ・パスに絶賛された代表作『死んだ女たち』のほか、『君の見るこの廃墟』（一九七四）、『二つの犯罪』（一九七九）、『ロペスの足取り』（一九八二）といった作品によって、現代メキシコ文学を代表する作家の地位を揺るぎないものにしていった。私生活も充実していたようで、七三年には、五〇年代末に知り合って以来、すでに長らく同棲していたイギリス人画家ジョー・ラヴィルと正式に結婚し、メキシコ生活のほか、イギリスやギリシア、スペインでの滞在も一緒に楽しんだ。亡くなる前にパリで過ごした数年間は公私ともに充実しており、ラヴィルの証言によれば、毎日長時間創作に打ち込みながらも、あちこちの市場で珍しい食材を調達しては調理して振る舞うことを絶好の息抜きにしていたという。彼女が夫を評した「辛辣で優しく陽気な人」という端的な表現は、この大作家の表も裏もすべて知り尽くした女性の愛情を凝縮しているのだろう。ちなみに、イバルグエンゴイティアのキャリアを通じて、ホアキン・モルティス社から刊行された彼の著作すべてで表紙の挿絵を担当したのはジョー・ラヴィルだった。

本書がホルヘ・イバルグエンゴイティアの初邦訳となるが、「フィクションのエル・ドラード」開始当初から長年温め続けてきたこの企画がようやく実現に向けて動き出したのは、二〇一八年四月にジョー・ラヴィルが亡くなった直後からであり、セルバンテス文化センターのテレサ・イニエスタ氏とメキシコ大使館文化担当官エマヌエル・トリニダッド氏の尽力によって、日本での映画版試写企画が決まったところから、本格的な翻訳作業が始まった。ラヴィル氏に日本語版『ライオンを殺せ』を届けられないのは何とも心残りだが、イバルグエンゴイティアの生誕九〇年にあたる本年にこの名作の翻訳を終えることができて、安堵に胸を撫でおろしている。イニエスタ氏とトリニダッド氏、そして本作の難解な部分について的確に解説してくれたグレゴリー・サンブラーノ氏に、この場を借りて深くお礼を申し上げたい。いろいろ話し合いを重ねるなかで、ベネズエラ人のサンブラーノ氏が漏らした「この小説は母国の現状そのままだよ」という言葉は実に印象的だった。

アイロニーやユーモアは文化の壁を越えにくい要素であり、比較的短く単純な物語であるにもかかわらず、翻訳にはかなりの労力を要したが、小説家イバルグエンゴイティアの面白さを引き出す訳文に仕上がったことを祈っている。上に記した方々のみならず、この翻訳に直接・間接に関わったすべての方々に感謝の意を表したい。

二〇一八年八月二五日

寺尾隆吉

著者／訳者について

ホルヘ・イバルグエンゴイティア

Jorge Ibargüengoitia

一九二八年、メキシコのグアナフアト生まれ。母子家庭に育ち、母の願いで最初はエンジニアを志したものの、中退してメキシコ国立自治大学で文学を専攻、ロドルフォ・ウシグリに師事して劇作を手掛けた。六〇年代から長編小説の執筆に乗り出し、『八月の閃光』（一九六四年、カサ・デ・ラス・アメリカス賞）と『ライオンを殺せ』（一九六九年）の成功でスペイン語圏に名を知られる。売春宿での殺人事件を取り上げた問題作『死んだ女たち』（一九七七年）や『二つの犯罪』（一九七九年）でメキシコ文壇に揺るぎない地位を確立した後、七〇年代末にはパリへ移り住んで創作に打ち込むとともに、『エクセルシオール』紙や『ブエルタ』誌に寄稿を続けた。八三年に飛行機事故で死去。

寺尾隆吉《てらお・りゅうきち》

一九七一年、愛知県生まれ。東京大学大学院総合文化研究科博士課程修了（学術博士）。現在、フェリス女学院大学国際交流学部教授。専攻、現代ラテンアメリカ文学。主な著書には、『魔術的リアリズム――二〇世紀のラテンアメリカ小説』（水声社、二〇一二年）、『ラテンアメリカ文学入門――ボルヘス、ガルシア・マルケスから新世代の旗手まで』（中公新書、二〇一六年）。主な訳書には、マリオ・バルガス・ジョサ『マイタの物語』（水声社、二〇一八年）、フリオ・コルタサル『奪われた家／天国の扉　動物寓話集』（光文社古典新訳文庫、二〇一八年）などがある。

Jorge IBARGÜENGOITIA, Maten al león, 1969.
Este libro se publica en el marco de la "Colección Eldorado", coordinada por Ryukichi Terao.

フィクションのエル・ドラード

ライオンを殺せ

二〇一八年一〇月二〇日　第一版第一刷印刷
二〇一八年一〇月三〇日　第一版第一刷発行

著者　ホルヘ・イバルグエンゴイティア
訳者　寺尾隆吉
発行者　鈴木宏
発行所　株式会社水声社
東京都文京区小石川二―七―五　郵便番号一一二―〇〇〇二
電話〇三―三八一八―六〇四〇　FAX〇三―三八一八―二四三七
［編集部］横浜市港北区新吉田東一―七七―一七　郵便番号二二三―〇〇五八
電話〇四五―七一七―五三五六　FAX〇四五―七一七―五三五七
郵便振替〇〇一八〇―四―六五四一〇〇
http://www.suiseisha.net
印刷・製本　モリモト印刷
装幀　宗利淳一デザイン

ISBN978-4-8010-0268-5

フィクションのエル・ドラード

襲撃	レイナルド・アレナス　山辺弦訳	二二〇〇円
気まぐれニンフ	ギジェルモ・カブレラ・インファンテ　山辺弦訳	（近刊）
バロック協奏曲	アレホ・カルペンティエール　鼓直訳	一八〇〇円
時との戦い	アレホ・カルペンティエール　鼓直／寺尾隆吉訳	（近刊）
方法異説	アレホ・カルペンティエール　寺尾隆吉訳	二八〇〇円
対岸	フリオ・コルタサル　寺尾隆吉訳	二〇〇〇円
八面体	フリオ・コルタサル　寺尾隆吉訳	二二〇〇円
境界なき土地	ホセ・ドノソ　寺尾隆吉訳	二〇〇〇円
ロリア侯爵夫人の失踪	ホセ・ドノソ　寺尾隆吉訳	二〇〇〇円
夜のみだらな鳥	ホセ・ドノソ　鼓直訳	三五〇〇円